데 미 안

《 Demian 》

헤르만 헤세

나는 그였고
그는 나였다

데미안

헤르만 헤세 지음

랭브릿지 옮김

리프레시

※ 삽입된 일부 이미지는 생성형 AI의 도움을 받아 제작되었습니다.

| 역자의 말 |

　『데미안』을 번역하는 과정은 한 소년이 내면의 여정을 떠나는 것처럼, 저희에게도 하나의 특별한 여정이었습니다. 헤르만 헤세의 이 작품은 단순한 성장 소설을 넘어서, 인간의 깊은 본성과 자아 탐구에 대한 진지한 질문을 던집니다. 그래서 이 책을 번역하는 일은 각 문장과 단어가 담고 있는 깊이를 헤아리며, 그 본래의 정신을 살리는 데 집중하는 작업이었습니다. 특히 고민했던 부분은 싱클레어가 느끼는 불안과 혼란, 그리고 그가 맞닥뜨린 세계의 이중성을 어떻게 잘 표현할지였습니다.

　헤세의 문장은 심리적으로 매우 복잡하고 정교하기 때문에, 이를 한국어로 옮기는 데 여러 차례 시도와 수정이 필요했습니다. 그 과정에서 깨달은 점은 이 작품이 단순한 이야기가 아니라, 우리 모두가 겪는 삶의 진실을 담고 있다는 것이었습니다.

　『데미안』은 누구나 겪는 내적 갈등과 자아를 찾아가는 여정을 섬세하게 그려냅니다. 싱클레어의 이야기는 바로 우리 모두의 이야기일 수 있습니다. 그가 자신만의 길을 찾아 떠났듯, 우리도 그의 발자취를 따라가며 각자의 삶 속에서 답을 찾아가야 합니다.

이 책을 번역하면서 헤세가 독자에게 전하고자 한 진심과 깊이를 느끼기 위해 노력했습니다. 번역은 해석의 과정이자, 독자들에게 새로운 이해의 문을 열어주는 역할을 합니다. 이 번역본이 헤르만 헤세의 생각과 감정, 그리고 그의 철학적 메시지를 충분히 전달할 수 있기를 바랍니다.

아마도 『데미안』은 여러분에게 새로운 질문을 던질 것입니다. 우리가 누구인지, 어디로 향하고 있는지에 대한 물음은 끝이 없을 테니까요. 이 책이 여러분의 내면에 잔잔한 울림을 남기고, 자아를 찾아가는 여정에 함께하는 동반자가 되기를 바랍니다.

- 랭브릿지 번역팀 -

| 목 차 |

'새는 알에서 나오려고 투쟁한다.

알은 세상이다.

태어나려는 자는

하나의 세계를 파괴해야 한다.

새는 신에게 날아간다.

그 신의 이름은 아브락사스이다.'

*

모든 인간의 삶은

자신에게로 가는 여정이며,

길을 찾는 시도이고, 암시이다.

◇◇◇◇◇◇◇◇◇◇◇◇◇◇◇◇◇◇◇◇◇◇◇◇◇◇◇◇◇◇◇◇◇◇◇

내 이야기를 하려면, 아주 먼 과거부터 시작해야 한다. 가능하다면, 나는 내 어린 시절의 첫 순간들, 아니 그보다 더 먼 나의 뿌리까지 돌아가야 한다.

소설을 쓰는 작가들은 마치 자신이 신이라도 된 것처럼, 인간의 이야기를 완전히 꿰뚫고 이해할 수 있다고 생각한다. 그들은 신이 자신의 이야기를 스스로에게 전하는 것처럼, 모든 베일을 걷어내고 본질만을 드러내며 묘사하려 하지만 나는 그렇게 할 수 없다. 작가들 역시 실제로는 그렇게 하지 못하는 것처럼 말이다. 하지만 내 이야기는 어떤 작가의 이야기보다 나에게 더 중요하다. 왜냐하면 이것은 나 자신의 이야기이며, 한 사람의 이야기이기 때문이다. 상상의, 가능성의, 이상적이거나 또 다른 다른 방식으로 존재하지 않는 이야기가 아닌, 실제로 존재하고 유일무이한 한 인간의 이야기이다. 오늘날 사람들은 실제로 살아있는 인간이 무엇인지 잘 알지 못한다. 그리고 우리는 자연이 만든 소중하고 유일무이한 존재인 인간들을 대량으로 죽이고 있다. 우리가 유일한 인간 그 이상이 아니라면, 만약 총알 한 발로 우리 각자를 완전히 세상에서 사라지게 할 수 있다면, 이야기를 전하는 것은 더 이상 의미가 없을 것이다. 그러나 각 사람은 단지 자기 자신일 뿐만 아니라, 세계의 현상들이 교차하는 유일하고 특별하며 중요한 지점이다. 그렇기에 각자의 이야기는 중요하고, 영원하며, 신성하다. 각 사람들이 자연의 뜻을 수행하는 한, 그들은 경이롭고 주목할 가치가 있다. 각자 안에서 영혼이 형상화되고, 각자 안에서 창조물이 고통받으며, 각자 안에서 구원자가 십자가에 못 박힌다.

오늘날 인간이 무엇인지 아는 사람은 거의 없다. 많은 사람들이 그것을 느끼고 있으며, 그래서 더 쉽게 죽는다. 내가 이 이야기를 다 쓰고 나면 나도 쉽게 죽을 것이다.

나는 스스로 아는 사람이라 부를 수 없다. 나는 탐구자였으며, 지금도 그렇다. 그러나 이제 더 이상 별이나 책 속에서 찾지 않고, 내 피 속에서 울리는 가르침을 듣기 시작한다. 내 이야기는 유쾌하지 않으며, 상상의 이야기처럼 달콤하고 조화롭지도 않다. 그것은 무의미와 혼란, 광기와 꿈 같은 맛이 나며, 자기 자신을 더 이상 속이려 하지 않는 모든 사람들의 삶과 같다.

  모든 인간의 삶은 자신에게로 가는 여정이며, 길을 찾는 시도이고 암시이다. 어느 누구도 온전하게 자기 자신이 된 적은 없지만, 그럼에도 불구하고 그렇게 되려고 노력한다. 어떤 사람은 둔하게, 어떤 사람은 밝게, 각자 가능한 방식으로 그렇게 된다. 모든 사람들은 출생의 흔적, 원시 세계의 점액과 알껍질을 끝까지 지니고 있는데 어떤 사람은 결코 인간이 되지 못하고, 개구리로, 도마뱀으로, 개미로 남는다. 어떤 사람은 위는 인간이고 아래는 물고기이다. 하지만 각자의 모습은 인간을 향한 자연의 한 시도이다. 우리는 모두 같은 기원을 가지고 있으며 같은 어머니로부터 나왔다. 각자 깊은 곳에서 자신의 목표를 향해 나아가는 하나의 시도와 도전이다. 우리는 서로를 이해할 수 있지만, 각자는 자신만을 해석할 수 있다.

첫 번째 장

두 개의 세계

첫 번째 장

두 개의 세계

나는 내가 열 살에서 열한 살쯤 되었을 때, 우리 작은 마을의 라틴어 학교에 다니던 시절의 경험으로 이야기를 시작해야 한다. 그 시절을 떠올리면, 어둡고 밝은 골목길, 집과 탑, 시계탑의 종소리와 사람들의 얼굴, 아늑하고 따뜻한 방, 신비롭고 유령이 나올 것 같은 방 등 많은 것들이 생각나며, 그 향기와 함께 내 마음을 감동시킨다. 그곳은 따뜻하지만 좁은 공간, 토끼와 하녀들, 집에서 사용하는 약품과 말린 과일 냄새로 가득했다. 두 세계가 그곳에서 뒤섞여 있었고, 낮과 밤은 양 끝자락에서 왔다.

첫 번째 세계는 아버지의 집이었지만, 사실 그것은 부모님만 포함된 더 좁은 세계였다. 이 세계는 대부분 나에게 익숙했고, 어머니와 아버지, 사랑과 엄격함, 모범과 학교를 의미했다. 이 세계에는 부드러운 빛, 명확함과 깨끗함이 있었다. 여기서는 상냥하고 친절한 말들이 오고 갔고, 깨끗한 손과 옷, 집에서의 좋은 예절이 있었다. 아침에는 찬송가를 부르고, 크리스마스를 축하했다. 미래로 향하는 똑바른 길이 있었고, 의무와 죄책감, 고해성사와 용서, 좋은 결심, 사랑과 존경, 성경 말씀과 지혜가 있었다. 우리의 미래는 이 세계에 속해야 했고, 이 세계는 분명하고 깨끗하며 아름답고 정돈되어 있어야 했다.

그러나 다른 세계도 이미 우리 집 안에서 시작되었는데 완전히 다르고, 냄새도, 말도, 약속도 요구도 달랐다. 이 두 번째 세계에는 하녀들과 장인들, 유령 이야기와 스캔들 소문이 있었다. 여기에는 도살장과 감옥, 술 취한 사람들과 싸우는 여자들, 출산하는 소들, 쓰러진 말들, 절도와 살인, 자살 이야기가 넘쳐나는 무서운 것들과 매혹적이고 신비로운 것들이 가득했다. 경찰관과 떠돌이들이 돌아다니고, 술 취한 남자들이 그들의 아내를 때리며, 저녁이면 공장에서 젊은 소녀들이 쏟아져 나왔다. 나이 든 여성들은 사람을 매혹시키고 병들게 할 수 있었고, 숲에는 도둑들이 살고 있으며, 방화범들은 경찰에게 잡히곤 했다. 이 소란스럽고 강렬한 세계는 우리 주변, 다음 골목, 옆집에도 있었지만, 부모님이 계신 우리 집 안에서는 그렇지 않았으며 그것은 매우 좋았다. 우리 집에는 평화와 질서, 의무와 선한 양심, 용서와 사랑이 있었고, 외부에는 시끄럽고 거칠며 어두운 것들도 있었지만, 언제든 엄마에게 뛰어가면 피할 수 있었다.

그런데 가장 이상한 점은 두 세계가 어떻게 맞닿아 있고, 얼마나 가까이 있는지였다. 예를 들어, 우리 집 하녀인 리나가 저녁 기도 시간에 거실 문 옆에 앉아 맑은 목소리로 노래를 부르고, 깨끗이 씻은 손을 단정하고 깔끔하게 정돈된 앞치마 위에 올려놓고 있을 때, 그녀는 완전히 부모님과 우리 가족, 밝고 옳은 세계에 속했다. 하지만 곧바로 부엌이나 나무 헛간에서 그녀가 머리가 없는 작은 사람 이야기를 들려주거나, 정육점의 작은 가게에서 이웃 여자들과 싸울 때, 그녀는 완전히 다른 세계에 속했고 신비로움에 둘러싸여 있었다. 모든 일이 그러했고, 특히 나 자신도 그러했다. 분명히 나는 밝고 옳은 세계에 속했고, 부모님의 자녀였다. 그러나 내가 눈을 돌리고 귀를 기울일 때면 어디에나 다른 세계가 존재했고, 나는 종종 낯선 불안함을 느끼기도 했지만 그 속에서도 살았다. 그곳에서 죄책감과 두려움도 느꼈지만, 때때로 나는 금지된 세계에서 가장 행복했다. 그리고 밝은 세계로 돌아오는 것은 필요하고 좋은 일이었지만, 거의 항상 덜 아름답고 지루한 곳으로 돌아오는 것 같았다. 때때로 나는 내 인생의 목표가

아버지와 어머니처럼 밝고 깨끗하며, 뛰어나고 정돈된 사람이 되는 것이라고 생각했다. 그러나 그것은 아직 멀었고, 학교에 앉아 공부하고 시험도 치러야 했으며, 그 길은 항상 다른, 더 어두운 세계를 지나야 했다. 그리고 그곳에 머물러 빠져들 가능성도 결코 없지 않았다. 방황하는 아들, 탕자의 이야기가 있었는데 나는 그것을 매우 흥미롭게 읽었다. 그 이야기에서는 항상 아버지에게 그리고 선한 사람들에게 돌아가는 것은 언제나 자유롭고 위대했다. 나는 이것이 유일하게 옳고 바람직한 것이라고 느꼈다. 그러나 그 이야기의 어두운 부분, 잃어버린 자들 속에서 벌어지는 부분이 훨씬 더 매력적이었고, 만약 그것을 말하고 인정할 수 있었다면, 잃어버린 자가 회개하고 다시 발견된다는 부분은 약간 아쉽게 느껴지기도 했다. 그러나 그것을 말하지 않았고, 생각하지도 않았다. 그것은 단지 어렴풋한 느낌이나 가능성으로 존재했을 뿐이다. 내가 악마를 상상할 때, 나는 그가 변장하거나 열려 있는 거리, 박람회, 선술집에 있는 모습을 쉽게 상상할 수 있었지만, 결코 우리 집에서는 볼 수 없었다.

내 누나들도 역시 밝은 세계에 속해 있었다. 그들은 나에게는 아버지, 어머니와 더 가까운 존재로 보였으며, 나보다 더 착하고, 더 예의 바르며 흠잡을 데가 없었다. 그녀들에게도 결점과 나쁜 습관들이 있었지만 그다지 많지 않았고, 나에게는 종종 악과의 접촉이 매우 고통스럽게 느껴졌으며, 어두운 세계가 훨씬 더 가까이 느껴졌다. 누나들은 부모님처럼 보호받으며 사랑받아야 했다. 그들과 다툰 후에는 항상 내 양심 앞에서 내가 나쁜 사람이자, 선동자이며, 용서를 구해야 하는 사람이었다. 왜냐하면 누나들을 모욕하는 것은 선하고 권위 있는 부모님을 모욕하는 것이었기 때문이다. 나는 버려진 거리의 아이들과 비밀을 공유하는 것이 누나들과 공유하는 것보다 훨씬 쉬웠다. 양심이 정돈된 좋은 날이나 밝은 날에는 누나들과 노는 것이 종종 즐거웠고, 그들과 착하게 잘 지내는 것이 천사가 되는 것 같은 기분이 들었다. 이것이 우리가 아는 최고의 것이었고, 우리는 천사가 되어 크리스마스의 행복처럼 밝은 소리와 향기에 둘러싸여 있는 것이 달콤하고 멋진 것이라고 생각했다. 오, 그런 날들과 시간이 얼마나 드물게 찾아왔는지! 종종 나는 재미있고 무해하며 허락된 놀이를 하면서도 열정과 격렬함으로 누나들에게 너무 과하게 굴었고, 그것은 다툼과 불행을 초래했다. 그러다 화가 나면 나는 끔찍해져서 나쁜 짓을 하고 나쁜 말을 했는데, 그것이 잘못된 것임을 깊이 느끼면서도 그렇게 했다. 그런 다음에는 괴롭고 어두운 후회의 시간이 찾아왔고, 용서를 구하는 고통스러운 순간이 있었으며, 다시 한번 밝은 빛, 짧은 시간 동안의 조용하고 감사한 행복이 있었다.

나는 라틴어 학교에 다녔고, 시장의 아들과 고위직인 삼림 관리관의 아들이 내 반 친구였으며, 그들은 때때로 나를 찾아오기도 했다. 거친 아이들이었지만 여전히 좋은, 허용된 세계에 속하는 아이들이었다. 그럼에도 불구하고 나는 우리가 평소에 경멸하는 초등학교 학생인 이웃 소년들과도 가까운 관계를 맺고 있었다. 내 이야기는 그들 중 한 명으로부터 시작해야 한다.

어느 한가한 오후, 나는 두 명의 이웃 소년들과 어울리고 있었다. 그때 나보다 큰 약 열세 살 정도의 강하고 거친 소년이 나타났다. 그는 재단사의 아들이었고 초등학교 학생이었으며, 그의 아버지는 술주정뱅이였고 온 가족이 평판이 좋지 않았다. 프란츠 크로머는 내가 잘 아는 아이였고, 나는 그를 두려워했다. 그가 우리에게 다가오자 기분이 좋지 않았다. 그는 이미 어른스러운 태도를 보였고, 젊은 공장 일꾼들의 걸음걸이와 말투를 흉내냈다. 그의 지시에 따라 우리는 다리 옆 강가로 내려가 첫 번째 다리 아치 밑으로 기어들어가 세상으로부터 숨었다. 다리 벽과 느리게 흐르는 물 사이의 좁은 강가는 온갖 쓰레기와 잡동사니로 가득했다. 우리는 그곳에서 유용한 물건을 찾곤 했는데 프란츠 크로머의 지시 아래 우리는 그 구역을 샅샅이 뒤지고 그에게 우리가 찾은 것을 보여주었다. 그러면 그는 그것을 자기 주머니에 넣거나 물속에

던졌다. 그는 우리에게 납, 놋쇠 또는 주석으로 된 물건이 있는지 확인하라고 했고, 그런 것들을 모두 가져갔으며, 심지어 낡은 뿔로 만든 빗도 챙겼다. 나는 그의 곁에 있는 것이 매우 불안했는데, 아버지가 이 관계를 알게 되면 금지할 것이라는 것보다 프란츠 크로머 그 자체가 두렵게 느껴졌다. 나는 그가 나를 다른 아이들처럼 대하는 것이 나쁘지 않았다. 그는 명령했고, 우리는 그의 지시를 따랐다. 비록 처음 만났음에도 불구하고 마치 오래된 관습이었던 것처럼 말이다.

마침내 우리는 땅에 앉았다. 프란츠는 물에 침을 뱉었고, 그는 어른처럼 보였다. 그는 치아 사이로 침을 뱉어 원하는 곳에 정확히 맞췄다. 대화가 시작되었고 소년들은 각종 학교에서의 무용담과 장난에 대해 자랑하고 떠들기 시작했다. 나는 침묵했는데 내 침묵이 오히려 프란츠의 분노를 불러일으킬까 봐 두려웠다. 내 두 친구는 처음부터 나를 떠나 프란츠에게 붙었고, 나는 그들 사이에서 이방인처럼 느껴졌다. 내 옷과 태도가 그들에게 도전적으로 보였기 때문이었다. 라틴어 학교 학생이자 상류층의 자녀인 나를 프란츠가 좋아할 리 없었고, 두 친구도 필요할 때면 나를 부인하고 버릴 것 같은 분위기가 느껴졌다.

결국 나는 두려움에서 벗어나기 위해 이야기하기 시작했는데 나는 나를 영웅으로 삼은 큰 도둑 이야기를 꾸며냈다.

나는 밤에 친구와 함께 에크밀레의 정원에서 한 자루 가득 사과를 훔쳤다고 말했다. 그것도 보통 사과가 아니라 최고의 품종인 레이넷과 골드파마니였다. 그 순간의 위험에서 벗어나기 위해 나는 이 이야기에 몰두했다. 나는 이야기를 꾸며내고 말하는 것이 익숙해졌다. 나는 더 나쁜 상황에 휘말리지 않기 위해 이야기를 멈추지 않고, 나의 모든 재능을 발휘했다. 우리 중 한 명은 항상 망을 봐야 했고, 다른 한 명은 나무에 올라가 사과를 던졌으며, 자루가 너무 무거워서 나중에는 반을 다시 꺼내서 놔둬야 했지만 우리는 30분 후에 다시 와서 나머지 사과도 가져갔다는 식으로 이야기했다.

내 이야기가 끝났을 때, 나는 약간의 칭찬을 기대했다. 마지막에는 열정적으로 이야기에 빠져들었다. 두 친구는 기다리며 침묵했고, 프란츠 크로머는 반쯤 감은 눈으로 나를 꿰뚫어보며 위협적인 목소리로 물었다.

"그게 사실이야?"

"응." 나는 말했다.

"정말 진짜로?"

"응, 정말 진짜야."

나는 속으로는 두려움에 질식할 것 같았지만, 호기롭게 말했다.

"맹세할 수 있어?"

나는 매우 놀랐지만, 곧바로 "그래."라고 대답했다.

"그럼 이렇게 말해봐 '하나님과 구원의 이름으로!'"

"하나님과 구원의 이름으로." 나는 말했다.

"좋아." 그가 말했다. 그리고 그는 몸을 돌렸다.

나는 그것으로 끝난 줄 알고 안심했고, 그가 곧 일어나 집으로 향할 때 내심 기뻤다. 우리가 다리에 도착했을 때, 나는 조심스럽게 말했다.

"나 이제 집에 가야 해."

"서두를 필요 없어," 프란츠가 웃으며 말했다.

"우리는 같은 길로 가잖아."

그는 천천히 걸었고, 나는 도망칠 용기도 없었다. 그는 정말로 우리 집 쪽으로 가는 길을 따라갔다. 우리가 집에 도착했을 때, 나는 우리 집 문과 두꺼운 황동 손잡이, 창문에 비친 햇빛과 어머니 방의 커튼을 보고 깊게 숨을 쉬었다. 오, 집으로 돌아오는 것! 오, 밝고 평화로운 집으로 돌아오는 것!

내가 빨리 문을 열고 안으로 들어가자 프란츠 크로머도 나를 따라 들어왔다. 집 안의 차갑고 어두운 타일 복도에서, 그는 내 팔을 잡으며 조용히 말했다.

"너무 서두르지 마."

나는 깜짝 놀라서 그를 바라보았다. 그의 손은 강철처럼 내 팔을 꽉 잡고 있었다. 나는 그가 무슨 생각을 하고 있는지,

나를 해치려는 것인지 궁금했다. 만약 지금 소리를 지른다면, 큰 소리로 외치면, 누군가가 빨리 와서 나를 구해줄까? 잠시 생각했지만 나는 곧 포기했다.

"무슨 일이야?" 내가 물었다.

"원하는게 있어?"

"많은 것은 아니야. 그냥 너한테 물어볼 게 있어. 다른 사람들이 들을 필요는 없어."

"그래? 뭘 말해야 하는데? 나 올라가야 해, 알지?"

"너도 알잖아," 프란츠가 조용히 말했다.

"에크밀레의 과수원이 누구 건지?"

"아니, 몰라. 아마도 방앗간 주인 거겠지."

프란츠는 팔로 나를 감싸고 아주 가까이 끌어당겨서 나는 그의 얼굴을 똑바로 봐야만 했다. 그의 눈은 악의로 가득찼고, 끔찍한 웃음을 지었으며 얼굴에는 잔인함이 가득했다.

"그래, 꼬마야, 내가 그 과수원이 누구 것인지 말해줄 수 있어. 나는 그 사과들이 도둑맞았다는 것을 오래전부터 알고 있었지, 그리고 그 사람이 말했어, 누가 그 과일을 훔쳤는지 말해주면 2마르크를 준다고."

"오, 맙소사!" 내가 외쳤다.

"하지만 너는 그에게 말하지 않을 거지?"

나는 그의 명예심에 호소하는 건 소용없다는 것을 느꼈다.

그는 다른 세계에서 왔고, 그에게 배신은 죄가 아니었다. 이 문제에서 '다른 세계'의 사람들은 우리와 같지 않았고 나는 그것을 분명히 느꼈다.

"말하지 않을 거냐고?" 크로머가 웃었다.

"친구, 내가 위조지폐라도 만드는 줄 알아? 나는 가난한 놈이야, 너처럼 부유한 아버지가 없어. 내가 2마르크를 가질 수 있다면, 무슨 일이든 해야 해. 아마 그는 더 줄지도 몰라."

그는 갑자기 나를 놓아주었다. 우리 집 복도는 더 이상 평화와 안전의 냄새가 나지 않았고, 세상이 내 주위에서 무너지는 것 같았다. 그는 나를 신고할 것이고, 나는 범죄자가 될 것이다. 아버지에게도 말할 것이고, 어쩌면 경찰까지 올지도 모른다. 모든 혼돈의 공포가 나를 위협했고, 추악하고 위험한 것들이 나를 향해 달려들었다. 내가 실제로 도둑질을 하지 않았다는 것은 전혀 중요하지 않았다. 하물며 나는 맹세까지 했다. 맙소사, 맙소사!

눈물이 나왔다. 나는 스스로를 구해야 한다고 느끼고 절망적으로 모든 주머니를 뒤졌다. 사과도, 주머니칼도, 아무것도 없었다. 그때 시계가 떠올랐다. 그것은 오래된 은 시계였고, 작동하지 않지만 그냥 '장식용'으로 차고 다녔다. 그것은 우리 할머니의 것이었고 나는 그것을 빨리 꺼냈다.

"크로머," 내가 말했다.

"듣고 있어? 나를 신고하지 말아줘. 그러면 안 돼. 내가 이 시계를 줄게. 나를 한번 봐, 너에게 줄만한 다른 게 없어. 이 시계는 은으로 만들어졌고, 작동도 잘 돼. 단지 작은 고장만 고치면 돼."

그는 미소를 지으며 시계를 그의 큰 손에 받았다. 나는 그 손을 보며, 그 손이 얼마나 거칠고 나에게 적대적이며 내 삶과 평화를 위협하는지 느꼈다.

"은으로 만들어진거야." 내가 조심스럽게 말했다.

"네 은으로 만든 낡은 시계 따위는 필요 없어!" 그가 깊은 경멸로 말했다.

"네가 직접 고쳐!"

"하지만 프란츠," 내가 두려움에 떨며 외쳤다.

"잠깐만 기다려! 시계를 가져가! 정말로 은으로 만들어진 거야, 진짜야. 그리고 난 다른 게 없어."

그는 나를 차갑고 경멸스럽게 쳐다보았다.

"그러면 내가 어디로 갈지 알겠지. 아니면 경찰에게 말할까? 나는 그 경찰을 잘 알아."

그는 나가려고 몸을 돌렸고 나는 그의 소매를 붙잡았다. 그를 가게 할 수는 없었다. 그가 그렇게 가버린다면, 나는 차라리 죽는 게 낫겠다고 생각했다.

"프란츠," 내가 떨리는 목소리로 간청했다.

"바보 같은 짓 하지 마! 장난이었지?"

"그래, 장난이지, 하지만 너에게는 값비싼 장난이 될 거야."

"프란츠, 내가 뭘 해야 할지 말해줘! 뭐든지 할게!"

그는 반쯤 감은 눈으로 나를 쳐다보며 다시 웃었다.

"바보처럼 굴지 마!" 그는 거짓된 친절함으로 말했다.

"너도 나만큼 잘 알고 있잖아. 나는 2마르크를 벌 수 있어, 나는 부자가 아니야, 그 돈을 포기할 수 없다는 건 너도 잘 알잖아. 너희는 부자야, 심지어 너에게는 시계도 있어. 단지 나에게 2마르크를 주기만 하면 돼, 그러면 다 끝나."

나는 그 논리를 이해했다. 하지만 2마르크! 그것은 나에게는 10, 100, 1000마르크와도 같았다. 나에게는 돈이 없었다. 우리 어머니가 가지고 계신 저금통에 몇 개의 10페니와 5페니 동전이 있었을 뿐이었다. 그 외에는 아무것도 없었다. 나는 그 나이에 용돈도 받지 않았다.

"나는 돈이 없어," 내가 슬프게 말했다.

"나는 정말로 돈이 없어. 하지만 다른 건 뭐든지 줄게. 인디언 책도 있고, 장난감 군인도 있고, 나침반도 있어. 그것들을 다 줄게."

크로머는 그의 거만하고 사악한 입술을 일그러뜨리며 바닥에 침을 뱉었다.

"헛소리하지 마!" 그는 화를 내며 말했다.

"너의 쓸모없는 물건들은 필요 없어. 나침반? 나를 더 화나게 하지 마, 돈을 내놔!"

"하지만 나는 돈이 없어, 용돈도 안 받고 있는걸. 그리고 내 잘못도 아니잖아!"

"내일 2마르크를 무조건 가져와. 학교 끝나고 시장에서 기다릴게. 그걸로 끝이야. 돈을 안 가져오면 어떻게 되는지 알게 될 거야!"

"알았어, 하지만 어디서 구하라는 거야? 맙소사, 나한테는 돈이 없잖아..."

"너희 집에는 돈이 충분히 있어. 그리고 그건 네 문제야. 내일 학교 끝나고 보자고. 그리고 내가 말했지. 돈을 안 가져오면..."

그는 나를 무섭게 쳐다보았고, 다시 침을 뱉고는 그림자처럼 사라졌다.

나는 위층으로 올라갈 수 없었다. 내 인생은 망가졌다. 나는 도망쳐 다시는 돌아오지 않거나, 물에 빠져 죽는 것을 생각했다. 하지만 그것도 확실한 해결책은 아니었다. 나는 불행에 빠져 어둠 속 우리 집 계단의 맨 아래에 앉아 몸을 웅크리고 있었다. 리나가 나무를 가져가려고 바구니를 들고 내려왔을 때, 그녀는 내가 울고 있는 것을 발견했다.

나는 그녀에게 위층에 아무 말도 하지 말라고 부탁하고 위로 올라갔다. 유리문 옆에 걸려 있는 아버지의 모자와 어머니의 양산, 모든 것들이 나에게 집의 편안함을 느끼게 했다. 방황했던 탕자가 낡은 집의 풍경과 냄새를 맞이하듯 내 마음도 간절하고 감사하게 그들을 맞이했다. 하지만 이제 그것들은 더 이상 내 것이 아니었다. 그것들은 모두 밝은 부모님의 세계에 속했고, 나는 모험과 죄에 빠져 적에게 위협받고, 위험과 두려움과 수치심 속에 깊이 빠져 있었다. 모자와 양산, 좋은 오래된 석재 바닥, 복도장 위의 큰 그림, 그리고 거실에서 들려오는 누나의 목소리, 이 모든 것들은 예전보다 더 사랑스럽고 소중했지만, 이제는 더 이상 위안이 되지 않았고, 안전한 것도 아니었다. 그것들은 모두 나에게 비난이었다. 이제 그것들은 더 이상 내 것이 아니었고, 나는 그 밝은 세계와 평화에 참여할 수 없었다.

나는 발에 털어낼 수 없는 더러움을 지니고 있었고, 고향 세계가 모르는 그림자를 가지고 있었다. 이미 나는 많은 비밀을 가지고 있었고 얼마나 많은 불안을 느꼈는지... 하지만 그것은 모두 오늘 내가 이 방으로 가져온 것에 비하면 아무것도 아니었다. 운명이 나를 뒤쫓고 있었고, 그 손들이 나를 향해 뻗어 있었다. 어머니조차 나를 보호할 수 없었을 것이고, 그녀는 그것에 대해 알지도 못해야 했다. 이제 내 죄가 도둑질이든 거짓말이든 상관없었다. (나는 하나님과 구원의 이름으로 거

짓 맹세를 하지 않았는가?) 그것은 중요하지 않았다. 내 죄는 이
것도 저것도 아니었고 내가 악마와 손을 잡았다는 것이었다.
왜 나는 따라갔을까? 왜 나는 크로머의 말을 아버지의 말보
다 더 잘 들었을까? 왜 나는 그 도둑 이야기를 지어냈을까?
범죄를 마치 영웅적인 행위인 것처럼 자랑했을까? 이제 악마
가 내 손을 붙들고 있었고, 적이 나를 뒤쫓고 있었다.

　한 순간, 나는 내일의 두려움뿐 아니라, 내 길이 이제 더욱
더 내리막과 어둠 속으로 이어질 것이라는 끔찍한 확신을 느
꼈다. 내 잘못으로 인해 새로운 잘못들이 계속되고, 형제자매
들과의 만남, 부모님께 인사하고 키스하는 것이 모두 거짓이
었으며, 내가 그들에게 숨기고 있는 운명과 비밀을 가지고 있
다는 것을 분명히 느꼈다.

　한 순간, 나는 아버지의 모자를 보며 신뢰와 희망이 번쩍였
다. 나는 아버지에게 모든 것을 말하고, 그의 판단과 벌을 받
아들이며, 그를 나의 비밀을 아는 사람과 나를 구원해 줄 구
원자로 만들 것이다. 그것은 내가 종종 경험했던 것처럼, 무
거운 회개의 시간, 후회스러운 용서의 시간이 될 것이다.

　그것이 얼마나 달콤하게 들렸는가! 얼마나 아름답게 유혹
했는가! 하지만 그것은 아무것도 아니었다. 나는 그렇게 하
지 않을 것임을 알고 있었다. 나는 이제 비밀을 가지고 있었
고, 나 혼자서 해결해야 할 죄를 가지고 있었다. 어쩌면 나는

지금 갈림길에 서 있는지도 모른다. 아마도 지금 이 순간부터 나는 영원히 나쁜 쪽에 속하게 될 것이고, 나쁜 자들과 비밀을 공유하며, 그들에게 의존하고 복종하며, 그들과 같은 사람이 되어야 할 것이다. 나는 남자와 영웅처럼 행동했으니 이제 그에 따른 결과를 감당해야만 했다.

내가 들어왔을 때 아버지가 내 젖은 신발에 대해 꾸짖으신 것이 오히려 좋았다. 그 일로 인해 다른 더 큰 문제를 눈치채지 못했고, 나는 그 꾸중을 견디며 다른 문제까지 덧붙여 생각할 수 있었다. 그러면서 내 안에는 새로운 감정이 솟아올랐다. 그것은 악의적이며 날카로운 감정이었고, 그 순간 나는 아버지보다 우월하다고 느꼈다. 잠깐 동안, 나는 아버지의 무지함에 대해 경멸을 느꼈고, 신발에 대한 꾸중이 사소하게 느껴졌다. '만약 아버지가 알게 된다면!' 나는 살인을 자백해야 하는 동안 도난당한 두루마리에 대해 심문을 받는 범죄자처럼 생각했다. 이 감정은 끔찍하고 불쾌했지만, 강렬하고 깊은 매력이 있었다. 그리고 그것은 나를 내 비밀과 죄에 더 강하게 묶어 두었다. 어쩌면 크로머가 이미 경찰에 가서 나를 신고했을지도 모르고, 내가 여기서 어린아이처럼 취급받고 있는 동안 내 위에는 폭풍이 몰려오고 있었을지도 모른다.

이 모든 경험 중에서, 이 순간이 가장 중요하고 오랫동안 기억에 남았다. 그것은 아버지의 성스러움에 첫 번째 균열을 일으켰고, 내 어린 시절의 삶을 지탱했던 기둥에 첫 번째 상처를 입혔다. 그리고 이는 모든 사람이 자신이 되기 위해 반드시 파괴해야 하는 것이다. 이러한 보이지 않는 경험들이 우리의 운명 내부의 본질을 구성한다. 이러한 상처와 균열은 다시 아물고 잊혀지지만, 가장 깊숙한 곳에서 숨쉬고 피를 흘리며 계속해서 살아 있다.

나는 곧바로 아버지의 발에 키스를 하고 사과하고 싶다는 새로운 감정이 두려워졌다. 정작 중요한 것은 사과할 수 없다는 게 현실이다. 왜냐하면 어린아이들조차 어른들만큼 그런 감정을 느낄 수 있기 때문이다.

나는 내 문제를 생각하고 내일을 위한 계획을 세워야 한다는 필요성을 느꼈다. 하지만 바로 그럴 수는 없었다. 나는 저녁 내내 우리 거실의 변한 공기에 적응하는 데 온통 신경을 썼다. 벽시계와 테이블, 성경과 거울, 책장과 벽에 걸린 그림들이 나에게 작별을 고하는 듯했다. 내 가슴은 얼어붙는 마음으로 내 세상과 내 행복한 삶이 과거가 되어 나를 떠나는 것을 지켜봐야 했다. 나는 새로운, 어두운 외부 세계에 뿌리를 내리고 있었다. 처음으로 나는 죽음을 맛보았다. 그리고 죽음은 쓰디쓴 맛이었다. 왜냐하면 그것은 탄생, 끔찍한 변화에 대한 두려움과 불안이기 때문이었다.

나는 마침내 침대에 누울 수 있어 기뻤다. 그 전에 마지막

정화의 시간으로 저녁 기도 시간이 나에게 다가왔고, 우리는 내가 가장 좋아하는 노래를 불렀다. 하지만 나는 노래를 부르지 않았고, 모든 음들이 나에게는 쓰디쓰게 느껴졌다. 아버지가 축복을 기도하실 때 나는 기도하지 않았고, 아버지가 "우리 모두와 함께 하시기를!"로 기도를 끝마쳤을 때, 나는 그 순간 갑자기 그 자리에서 튕겨 나갔다. 하나님의 은혜는 모두에게 있었지만, 나에게는 더 이상 없었다. 나는 춥고 몹시 지친 채로 그 자리를 떠났다.

침대에 누워 잠시 지나고 난 후 따뜻함과 안락함이 나를 감싸 안자, 내 마음은 두려움 속에서 다시 한번 과거로 돌아갔다. 어머니는 평소처럼 나에게 잘 자라고 말씀해 주셨고, 그녀의 발소리는 아직 방 안에 남아 있었다. 그녀의 촛불이 문틈으로 빛나고 있었다. 나는 그녀가 다시 돌아오고 있다고 생각했다. 그녀는 무언가를 느꼈고, 나에게 키스를 해주고, 친절하게 약속하며 물어볼 것이다. 그러면 나는 울 수 있을 것이다. 그러면 내 목에 있던 걸림돌이 녹아내리고, 나는 그녀를 안고 모든 것을 말할 것이다. 그러면 모든 것이 잘 될 것이다. 구원이 있을 것이다! 그러나 문틈이 어두워졌을 때, 나는 여전히 기다리며 그 일이 일어나기를 바랐다.

그러다 나는 현실로 돌아왔고, 내 적의 눈을 마주 보았다. 나는 그를 똑똑히 보았고, 한쪽 눈을 감고 있었으며, 그의 입은 거칠게 웃고 있었다. 내가 그를 보고 그 불가피한 운명을 받아들이자, 그는 점점 더 커지고 추악해졌으며, 그의 악한 눈은 악마처럼 번쩍였다. 그는 내가 잠들 때까지 나와 가까이 있었다. 그러나 잠들고 나서는 그와 오늘에 대해 꿈꾸지 않았다. 대신 우리는 가족과 함께 보트에 타고 있었고, 평화롭고 밝은 휴일의 날이 우리를 감쌌다. 한밤중에 깨어났을 때, 나는 아직도 그 행복의 여운을 느꼈고, 여전히 누나들의 하얀 여름 옷이 햇빛에 반짝이는 것을 보았다. 그러다가 나는 천국에서 벗어나 현실로 돌아왔고 다시 그 사악한 눈의 적과 마주 보게 되었다.

아침에 어머니가 서둘러 와서 늦었다고 왜 아직도 침대에 누워있냐고 소리쳤을 때, 나는 안색이 좋지 않았다. 어머니가 무슨 일이 있냐고 묻자 나는 토하고 말았다.

그것으로 뭔가 얻은 듯했다. 나는 조금 아픈 상태로 카밀레 차를 마시며 아침 내내 침대에 누워있는 것을 무척 좋아했다. 옆방에서 엄마가 정리하는 소리를 듣고, 복도에서 리나가 푸줏간 주인에게 인사하는 소리를 듣는 것이 정말 좋았다. 학교에 가지 않는 아침은 마치 마법 같고 동화 같았다. 그때 햇빛이 방 안으로 들어왔는데, 학교에서 보던 햇빛과는 사뭇 다르게 느껴졌다. 오늘은 그것조차도 달콤하지 않았고, 어딘가 잘못된 느낌마저 들었다.

차라리 죽었더라면 좋았을 텐데! 하지만 나는 단지 조금 아
플 뿐이었고, 그것은 아무 일도 해결해 주지 않았다. 학교에
가지 않는 것은 나를 보호해 주었지만, 11시에 시장에서 나
를 기다리고 있을 크로머에게서 보호해 주지는 않았다. 어머
니의 친절함도 이번에는 위로가 되지 않았고, 오히려 성가시
고 고통스러웠다. 나는 곧 다시 자는 척하며 생각에 잠겼지만
별 소용없었다. 나는 11시까지 시장에 가야 했다. 그래서 10
시에 조용히 일어나 상태가 좋아졌다고 말했다. 이런 경우 늘
그렇듯이, 나는 다시 침대에 눕거나 오후에 학교에 가야 한다
고 했다. 나는 기꺼이 학교에 가겠다고 말했다. 그리고 계획
을 세우기 시작했다.

돈 없이 크로머에게 갈 수는 없었다. 나는 내 소유인 작은
저금통을 가져와야만 했다. 그 안에 충분한 돈이 없다는 것을
알았지만, 아무것도 없는 것보다는 낫고 크로머를 조금이라
도 달래야 한다고 생각했다.

어머니의 방으로 몰래 들어가 그녀의 책상에서 내 저금통
을 가져갈 때, 나는 기분이 좋지 않았다. 하지만 어제보다는
덜했다. 심장이 두근거렸고, 저금통이 잠겨 있는 것을 알게
되었을 때 두근거림은 더 심해졌다. 얇은 금속 그릴을 찢어
쉽게 열었고, 그 순간 나는 진짜로 도둑질을 한 기분이 들었
다. 이제껏 나는 단지 설탕 조각이나 과일정도만 슬쩍했었다.

하지만 이제는 내 돈이지만, 훔친 것이기도 했다. 나는 크로머와 그의 세계에 한 걸음 더 가까워진 것을 느꼈고, 그것이 나를 계속해서 내리막길로 끌고 가는 것을 느꼈다. 이제는 악마가 나를 데려가도 좋았다. 더 이상 돌아갈 길이 없었다. 나는 돈을 세며 두려워했다. 저금통 안에서 꽉 찬 것 같았던 돈은 손에 쥐어보니 너무 적었다. 65페니가 있었다. 나는 저금통을 아래층 복도에 숨기고, 돈을 손에 꼭 쥔 채로 집을 나섰다. 그 순간 나는 그 어느 때보다 달랐다. 위에서 누군가가 나를 부르는 것 같았지만 나는 서둘러 떠났다.

시간이 많이 남아 있었고, 나는 다른 길로 도시를 돌아다녔다. 처음 보는 구름 아래 나를 의심하는 듯한 사람들과 집 사이로 걸었다. 길을 걷다 보니, 친구가 한 번 가축 시장에서 은화를 발견했던 것이 떠올랐다. 나도 하나님께 기도해 그런 기적이 일어나기를 바라고 싶었다. 그러나 나는 더 이상 기도할 자격이 없었다. 그리고 그렇게 하더라도, 저금통은 다시 원래대로 돌아가지 않을 것이다.

프란츠 크로머는 멀리서 나를 보았지만, 아주 천천히 나에게 다가왔고, 나를 무시하는 것처럼 보였다. 그가 나에게 가까이에 왔을 때, 그는 나에게 명령하듯 손짓을 해서 따라오라는 신호를 주고는 한 번도 뒤돌아보지 않고, 평온하게 밀짚골목을 따라 내려가 작은 다리를 건너 마지막 집들 앞에 있는 새 건물 앞에서 멈췄다. 그곳은 공사가 진행되지 않았고, 벽은 문과 창문 없이 서 있었다. 크로머는 주위를 살피며 문으로 들어갔고, 내가 뒤따라 들어갔다. 그는 벽 뒤로 들어가 나에게 손짓을 했고 손을 내밀었다.

"가져왔어?" 그가 차갑게 물었다.

나는 주머니에서 주먹을 꺼내 그의 평평한 손에 돈을 쏟아 부었다. 그는 마지막 5페니 동전이 떨어지기도 전에 돈을 세고 있었다.

"65페니군." 그가 나를 쳐다보며 말했다.

"그래," 나는 조심스럽게 말했다.

"이게 전부야. 너무 적은 거 알아. 하지만 이게 전부야. 더 이상 없어."

"나는 네가 좀 더 똑똑할 줄 알았다," 그가 부드럽게 꾸짖으며 말했다.

"신사들 사이에는 질서가 있어야 해. 나는 부당한 것을 요구하지 않는다는 것을 너도 알잖아. 니켈 동전은 다시 가져가. 다른 애들은 나와 흥정을 시도하지 않아. 그냥 내거든."

"하지만 난 정말로 더 이상 없어! 그게 내 저금통에 있던 전부야."

"그건 네 문제야. 하지만 나는 너를 불행하게 하고 싶지 않아. 너는 나에게 아직 1마르크 35페니 빚졌어. 그 돈은 언제

42

줄 거야?"

"오, 크로머, 꼭 줄게! 지금은 몰라, 아마 내일이나 모레쯤 좀 더 생길 거야, 아버지께 말씀드릴 수 없는 건 너도 알잖아."

"그건 나랑 상관없어. 나는 너를 겁주려는 게 아니야. 나는 오늘 점심 전에라도 돈을 받을 수 있길 원해. 나는 가난하지만 너는 좋은 옷을 입고 점심으로 더 좋은 음식도 먹잖아. 하지만 난 아무 말도 안 할 거고 시간도 좀 더 줄게. 모레 오후에 내가 너에게 휘파람을 불 거야. 그때까지 준비해. 내 휘파람 소리 알지?"

그는 휘파람을 불어 보였고, 자주 들었던 소리였다.

"응, 알아." 내가 말했다.

그는 마치 나와 상관없는 사람처럼 떠났다. 우리 사이에는 단지 거래가 있었을 뿐이었다.

지금도 프란츠 크로머의 휘파람 소리를 갑자기 다시 듣게 된다면, 아마 나는 놀랄 것이다. 그때부터 나는 그 소리를 자주 들었고, 항상 듣고 있는 것 같았다. 그 휘파람 소리는 어떤 장소, 놀이, 일, 생각에도 스며들어 나를 종속시켰고, 이제는 내 운명이 되었다. 종종 나는 우리 작은 꽃밭에서 시간을 보냈다. 나는 그곳을 무척 좋아했는데, 석양이 비치는 아름다운 가을 오후에 거기에서 어린 시절의 놀이를 다시 하곤 했다. 나는 마치 나보다 어린, 아직 착하고 자유롭고 순수하며 안정

된 소년이 된 것처럼 놀았다. 그러나 예상하고 있어도 끔찍하고 갑작스러운 크로머의 휘파람 소리가 어디선가 들려와, 환상을 끊어버리고 나의 상상을 파괴했다. 그러면 나를 괴롭히는 사람을 따라 더러운 곳과 추한 곳으로 가야 했으며, 돈을 가져오라는 그의 명령을 들어야 했다. 그 모든 일은 몇 주 동안 지속되었을지 모르지만, 나에게는 그것이 몇 년, 아니 영원처럼 느껴졌다. 나는 돈이 없었고, 5페니나 10페니를 훔쳐서 가져가곤 했다. 그 돈은 리나가 시장 바구니를 놓아둔 부엌 테이블에서 훔친 것이다. 매번 크로머는 나를 꾸짖고 경멸했다. 내가 그를 속이고 그의 정당한 권리를 빼앗는다고, 내가 그를 불행하게 만든다고 말했다. 내 인생에서 그처럼 절망과 종속감을 크게 느낀 적은 드물었다.

저금통은 놀이용 동전으로 채워 다시 제자리에 두었고, 아무도 그것에 대해 묻지 않았다. 그러나 그것은 언제든 들통날 수 있었다. 크로머의 거친 휘파람 소리보다 더 두려운 것은 어머니가 조용히 다가오는 소리였다. 그녀가 저금통에 대해 묻지 않을까 두려웠다.

나는 여러 번 돈 없이 크로머에게 갔고, 그는 나를 다른 방식으로 괴롭히고 이용하기 시작했다. 나는 그를 위해 일을 해야 했다. 그의 아버지를 대신해 심부름을 하거나, 어려운 일을 시키기도 했다. 예를 들어, 10분 동안 한 발로 뛰거나 지나가는 사람의 외투에 종이를 붙이는 일이었다. 나는 꿈속에서 이러한 고통을 계속 겪었고, 악몽 속에서 땀을 흘렸다.

한동안 나는 병에 걸렸다. 자주 토하고 쉽게 추위를 탔으며, 밤에는 땀과 고열에 시달렸다. 어머니는 뭔가 잘못됐다는 것을 느끼고 나에게 많은 관심을 보였지만, 나는 그녀에게 마음을 열 수 없어 괴로웠다.

어느 날 저녁, 내가 이미 잠자리에 들었을 때, 어머니는 나에게 작은 초콜릿 조각을 가져왔다. 그것은 내가 어렸을 적 착하게 굴었을 때 잠자기 전에 받았던 위로의 음식과 같았다. 이제 그녀는 그 초콜릿을 내밀고 있었다. 나는 너무 괴로워서 고개를 저을 수밖에 없었다. 어머니는 무슨 일이냐고 물으며 내 머리를 쓰다듬어 주셨다.

나는 겨우 "아니요, 필요 없어요. 아무것도 원하지 않아요." 라고 말할 수 있었다.

그녀는 초콜릿을 머리맡 탁자에 두고 떠났다. 다음 날 그녀가 그 일에 대해 물으려 했을 때, 나는 아무것도 기억나지 않는 척했다. 한 번은 의사 선생님을 데려와 나를 진찰하게 했고, 아침마다 찬물로 씻으라는 처방을 받았다.

그 당시 나의 상태는 일종의 광기였다. 집안의 평화로운 분위기 속에서 나는 유령처럼 숨어 지내며 고통받았고, 다른 사람들의 삶에 참여하지도 않았으며, 한시도 자신을 잊지 않았다. 자주 나를 닦달하며 질문하던 아버지에게 나는 마음을 닫고 차갑게 대했다.

두 번째 장

카인

두 번째 장

카인

나를 괴로움에서 구해준 것은 전혀 예상치 못한 곳에서 왔고, 동시에 내 삶에 새로운 무언가를 가져왔다. 그리고 그것은 지금까지도 나에게 영향을 미치고 있다.

우리 라틴어 학교에 새로 전학 온 학생이 있었다. 그는 부유한 과부의 아들로, 우리 마을로 이사 온 지 얼마되지 않았으며 상복을 입고 있었다. 그는 나보다 높은 학년이었고 나보다 몇 살 더 많았지만, 금세 눈에 띄었다. 이 이상한 학생은 나이보다 훨씬 성숙해 보였고, 누구에게도 어린아이 같은 인상을 주지 않았다. 우리 어린 학생들 사이에서 그는 마치 어른, 아니 귀족처럼 행동했다. 그는 인기가 없었고, 놀이에도 싸움에도 참여하지 않았다. 단지 교사들에게 자신감 넘치고 단호하게 말하는 태도가 다른 학생들의 관심을 끌었다. 그의 이름은 막스 데미안이었다.

어느 날, 우리 학교에서는 종종 그렇듯이, 어떤 이유로 다른 반 학생들이 우리 큰 교실에 함께 모였다. 그 반은 데미안이 속한 반이었다. 우리는 성경 이야기를 배우고 있었고, 상급 학년은 에세이를 써야 했다. 우리가 카인과 아벨 이야기를 배우는 동안, 나는 데미안을 자주 쳐다보았다. 그의 얼굴은 이상하게 나를 매료시켰다. 그는 매우 지적이고 확고한 얼굴을 가지고 있었고, 자신의 일에 집중하고 있었다. 그는 마치 학생이 아닌, 자신의 연구 문제를 탐구하는 학자처럼 보였다. 사실 나는 그가 마음에 들지 않았다. 그는 나보다 너무 우월하고 차가워 보였으며 태도는 도전적이고 자신만만해 보였다. 눈에는 어른스러운 표정이 있었고 그것은 어린아이들이 결코 좋아하지 않는 표정이었다. 그 눈에는 약간의 슬픔과 조롱이 섞여 있었다. 그러나 그가 나를 좋아하든 싫어하든 상관없이 나는 그를 계속 바라볼 수밖에 없었다.

그가 한 번이라도 나를 쳐다보면, 나는 깜짝 놀라서 갑자기 시선을 돌렸다. 지금 생각해보면 그는 다른 모든 사람들과는 완전히 달랐다. 그는 독특하고 개성 있는 사람이었고, 그래서 눈에 띄었다. 하지만 그는 눈에 띄지 않기 위해 모든 노력을 다했다. 마치 농부 소년들 사이에 있는 변장한 왕자처럼 행동하며 그들과 비슷해지려고 애썼다.

학교에서 집으로 돌아오는 길에 그는 내 뒤에서 걷고 있었다. 다른 아이들이 흩어진 후, 나를 앞질러가며 인사했다. 그는 우리 학교 아이들처럼 흉내 내며 인사했지만 매우 성숙하고 예의 바른 인사였다.

"함께 걸을까?" 그가 친절하게 물었다.

나는 기분이 좋아서 고개를 끄덕였다. 그러고 나서 나는 그에게 내가 어디에 사는지 설명했다.

"아, 거기구나," 그가 미소 지으며 말했다.

"그 집은 이미 알고 있어. 너희 집 문 위에 이상한 물건이 붙어 있어서 바로 관심이 갔어."

나는 그가 무엇을 말하는지 바로 알지 못했고, 그가 우리 집을 나보다 더 잘 알고 있는 것 같아 놀랐다. 문 위의 장식물은 시간이 지나면서 평평해지고 여러 번 색칠된 것이었고, 우리 가족과는 아무 상관이 없는 것 같았다.

"잘 모르겠어," 내가 조심스럽게 말했다.

"새나 그런 것 같은데, 아주 오래된 것 같아. 예전에 그 집이 수도원에 속해 있었다고 해."

"그럴 수도 있지," 그가 고개를 끄덕였다.

"한 번 잘 살펴봐! 그런 것들은 종종 흥미로워. 내 생각에는 그것이 참매인 것 같아."

우리는 계속 걸어갔다. 나는 매우 긴장했는데 갑자기 데미안이 웃으며 뭔가 재미있는 것을 떠올린 것처럼 말했다.

"그래, 내가 너희 수업을 들었지," 그가 활기차게 말했다.

"카인이 이마에 표식을 가진 이야기, 그렇지? 그 이야기 마음에 들어?"

사실 나는 우리가 배워야 했던 모든 것 중에서 마음에 드는 것은 거의 없었다. 하지만 나는 감히 그렇게 말할 수 없었다. 마치 어른이 나와 이야기하는 것 같았다. 나는 그 이야기가 꽤 좋았다고 말했다. 데미안은 내 어깨를 두드렸다.

"나에게 속일 필요 없어, 친구. 하지만 그 이야기는 정말로 흥미로워. 나는 그것이 대부분의 다른 이야기들보다 훨씬 더 흥미롭다고 생각해. 선생님은 그것에 대해 많이 말하지 않았어. 그냥 하나님과 죄에 대한 일반적인 이야기만 했지. 하지만 나는 이렇게 생각해." 그는 말을 끊고 웃으며 물었다.

"그 이야기가 정말로 흥미로워?"

"그래, 나는 이렇게 생각해," 그가 계속 말했다.

"카인의 이야기를 완전히 다르게 해석할 수도 있어. 우리가 배운 대부분의 것들은 틀림없이 사실이고 옳지만, 교사들이 가르치는 것과 다른 시각으로 볼 수 있어. 그러면 대부분 훨씬 더 나은 의미를 갖게 되지. 예를 들어, 이 카인 이야기와 그의 이마에 있는 표식에 대해 우리가 배운 방식으로는 만족할 수 없어. 너도 그렇게 생각하지 않아? 누군가가 다툼 중에

형제를 죽일 수도 있어. 그리고 그 후에 두려움을 느끼고 자신을 낮추는 것도 가능해. 하지만 그의 비겁함 때문에 특별히 훈장을 받고 자신도 보호하며 다른 사람들에게 두려움을 준다는 것은 정말 이상해."

"물론, 그렇지." 내가 흥미롭게 말했다.

"하지만 그 이야기를 어떻게 다르게 설명할 수 있을까?"

그가 내 어깨를 두드렸다.

"아주 간단해! 그 이야기의 시작점은 바로 그 표식이었어. 어떤 남자가 있었는데, 그의 얼굴에 다른 사람들에게 두려움을 주는 무언가가 있었던 거야. 그들은 그를 건드리지 못했고, 그는 그들에게 인상을 남겼지. 아마도, 아니 확실히 그것은 실제로 이마에 있는 표식이 아니라, 사람들에게 익숙하지 않은 약간의 지성과 용기가 담긴 시선이었을 거야. 이 남자는 힘이 있었고, 사람들은 그를 두려워했어. 그는 '어떤 표식'을 가지고 있었지. 사람들은 그걸 어떻게든 설명하려 했고, 항상 자신에게 편리한 대로 해석했어. 사람들은 카인의 자손들을 두려워했고, 그들은 '어떤 표식'을 가지고 있었어. 그래서 사람들은 그 표식을 그 자체로 보지 않고, 그 반대로 설명했지. 그 표식을 가진 사람들은 불길하다고 말했어. 그리고 실제로도 그랬어. 용기와 인격을 가진 사람들은 다른 사람들에게 항상 불길한 존재였지. 그렇게 두려운 자손들이 돌아다니는 것은 매우 불편했고, 그래서 그 자손들에게 별명을 붙이고 이야기를 만들어냈어. 그게 바로 복수였던 거야. 이해하겠어?"

"음... 그러니까 카인은 사실 나쁜 사람이 아니었다는 거지? 성경에 있는 이야기가 사실이 아니었다는 거야?"

"그렇기도 하고 아니기도 해. 그런 오래된 이야기들은 항상 진실을 담고 있지만, 그것이 기록되거나 설명되는 방식이 항상 옳지는 않아. 간단히 말해서, 카인은 대단한 사람이었고, 사람들은 그를 두려워해서 그런 이야기를 붙였던 거야. 그 이야기는 단지 소문이었고, 사람들이 떠들어대는 것과 같았어. 하지만 그것은 어느 정도 사실이었지. 왜냐하면 카인과 그의 자손들이 실제로 '어떤 표식'을 가지고 있었고, 대부분의 사람들과 달랐기 때문이야."

나는 매우 놀랐다.

"그러면 그 살인 사건도 사실이 아니었다고 생각해?" 내가 재차 물었다.

"오, 그건 사실일 거야. 강한 자가 약한 자를 죽였던 거지. 그가 정말로 그의 형제였는지는 의심할 수 있어. 하지만 그건 중요하지 않아. 결국 모든 사람은 형제니까... 그래서 강한 자가 약한 자를 죽였어. 아마도 그것은 영웅적인 행동이었을지도 몰라. 어쨌든 약한 자들은 이제 매우 두려워졌고, 불평하기 시작했어. 그리고 사람들이 '왜 그를 죽이지 않았어?'라

고 물었을 때, 그들은 '우리는 겁쟁이니까'라고 말하지 않고 대신 '우리는 할 수 없어. 그는 표식을 가지고 있고 신이 그를 지켜주고 있잖아!'라고 말했지. 그런 식으로 그 사기가 생겨난 거야. 자, 더 이상 너를 귀찮게 하지 않을게. 잘 가!"

그는 알트가세로 들어가며 나를 혼자 남겨두었고, 나는 그 어느 때보다도 놀랐다. 그가 떠나자마자, 그가 한 모든 말이 전혀 믿기지 않았다. 카인이 고귀한 사람이고, 아벨이 비겁한 사람이라니! 카인의 표식이 영예라니! 그건 말도 안 되고, 신성 모독이며 사악한 일이었다. 그럼 하나님은 어디에 계신가? 하나님은 아벨의 제물을 받아주지 않았는가? 하나님은 아벨을 사랑하지 않았는가? 아니, 말도 안 돼! 나는 데미안이 나를 조롱하고 속이려 했다고 생각했다. 그는 정말 영리한 사람이었고, 말을 잘했지만 이런 식으로는 아니었다.

나는 성경이나 다른 이야기들에 대해 이렇게 많이 생각해 본 적이 없었다. 그리고 오랜 시간 동안 프란츠 크로머를 이렇게 완전히 잊어본 적도 없었다. 몇 시간 동안, 아니, 저녁 내내 말이다. 나는 집에 가서 성경에 나와 있는 그 이야기를 다시 읽어보았다. 그 이야기는 짧고 명확했으며, 거기에 특별한 비밀 해석을 찾으려 하는 것은 완전히 말도 안 되는 일이었다. 그러면 누구든지 살인자가 자신을 하나님의 총애를 받는 사람이라고 주장할 수 있지 않겠는가! 아니, 그것은 터무

니없는 일이었다. 다만 데미안이 그런 이야기를 그렇게 쉽게, 마치 당연한 것처럼 말하는 방식과 그 눈빛이 인상적이었다.

물론 내 자신에게도 뭔가 잘못된 점이 있었다. 나는 밝고 깨끗한 세계에서 살았고, 나 자신도 일종의 아벨과 같은 존재였다. 그런데 이제 나는 '다른 세계'에 깊이 빠져 있었고, 그렇게 많이 타락하고 추락했지만, 근본적으로는 내 잘못이 그렇게 크지 않았다. 그게 무슨 일일까? 그렇다, 그날 저녁에 내 불행이 시작된 그날, 아버지와 관련된 일이 있었다. 그 순간 나는 아버지와 그의 밝은 세계와 지혜를 갑자기 꿰뚫어 보고 경멸했다. 그렇다, 나는 마치 카인이 되어 그 표식을 자랑스럽게 여겼다. 그 표식이 치욕이 아니라 영광이라고 생각했고, 내 악행과 불행으로 인해 아버지보다, 선하고 신앙심 있는 사람들보다 더 높이 서 있다고 느꼈다.

그때는 이런 명확한 생각의 형태로 경험한 것은 아니었지만 모든 것이 그 안에 포함되어 있었다. 그것은 단지 감정의 폭발, 이상한 감정들이었고, 그것들은 나를 아프게 했지만 동시에 자부심으로 가득 채웠다.

돌이켜 생각해보면, 데미안이 두려움 없는 자들과 겁쟁이들에 대해 이야기한 방식은 얼마나 이상했던가! 그가 카인의 이마에 있는 표식을 해석한 방식은 얼마나 특이했던가! 그의 눈, 어른의 눈처럼 이상하게 빛나는 그 눈은! 나는 막연하게 생각했다. '데미안 자신이 일종의 카인이 아닐까? 그가 자신을 카인과 비슷하게 느끼지 않는다면, 왜 그를 옹호할까? 왜 그 눈빛에 그런 힘이 있을까? 왜 그는 '다른 사람들', 즉 겁쟁이들, 즉 신앙심이 깊고 하나님을 기쁘게 하는 사람들에 대해 그렇게 조롱하듯이 말할까?'

이런 생각들은 끝이 없었다. 그것은 마치 우물에 떨어진 돌처럼 내 젊은 영혼 속에 파문을 일으켰다. 그리고 오랫동안, 아주 오랫동안, 이 카인, 살인, 그리고 표식에 대한 이야기는 내 인식, 의심, 그리고 비판의 출발점이 되었다.

나는 다른 학생들도 데미안에 대해 많은 관심을 가지고 있다는 것을 알게 되었다. 나는 카인 이야기에 대해 아무에게도 말하지 않았지만, 데미안은 다른 사람들에게도 흥미를 끌었다. 데미안에 대한 꽤 많은 소문이 돌고 있었다. 모든 소문을 기억할 수 있다면, 각각 그에 대해 더 잘 이해할 수 있는 단서를 제공했을 것이다. 내가 기억하는 첫 번째 소문은 데미안의 어머니가 매우 부자라는 것이었다. 또 다른 소문은 그들이 교회에 가지 않는다는 것이었고, 그 아들도 마찬가지였다. 어떤 이는 그들이 유대인이라고 했고, 또 다른 이는 그들이 비밀리에 무슬림일지도 모른다고 말했다. 또한, 막스 데미안의 체력에 대한 이야기들도 있었다. 그는 자신의 반에서 가장 힘센 아이에게 싸움을 걸었고, 그 아이가 데미안을 겁쟁이라고 부르자, 데미안은 그 아이를 끔찍하게 굴복시켰다. 목격자들은 데미안이 단지 한 손으로 그 아이의 목을 잡고 세게 눌렀다고 했는데 그 후 그 아이는 창백해졌으며, 며칠 동안 팔을 쓸 수 없었다고 했다. 심지어 어느 날 저녁에는 그 아이가 죽었다는 소문도 돌았다. 모든 소문이 한동안 떠돌았고, 모두가 믿었으며, 모두에게 흥미롭고 놀라운 이야기였다. 그러다 그 이야기들에 질려 한동안 잠잠해졌다. 그러나 얼마 지나지 않아, 데미안이 여자아이들과 친밀한 관계를 맺고 있다는 새로운 소문이 떠돌았다.

　한편, 나는 프란츠 크로머와의 문제를 계속 겪고 있었다. 그는 가끔 며칠 동안 나를 내버려 두었지만, 나는 여전히 그에게 묶여 있었다. 꿈속에서 그는 나의 그림자처럼 존재했고, 현실에서 나에게 하지 않은 일들을 상상 속에서 나에게 했으며, 나는 그의 노예가 되었다. 나는 꿈속에서 더 많이 살았고, 현실에서보다 더 많은 힘과 생명을 그 그림자들에게 빼앗겼다. 특히 나는 자주 크로머가 나를 학대하고, 침을 뱉고, 무릎으로 누르는 꿈을 꾸었다. 그리고 더 나쁜 것은 그가 나를 심각한 범죄로 몰아가는 꿈이었다. 아니, 그는 나를 강력한 영향력으로 통제했다. 내가 거의 미쳐서 깨어난 가장 끔찍한 꿈은 내 아버지를 살해하는 내용이었다. 크로머는 칼을 갈고 나에게 그것을 건네주었다. 우리는 어느 길가의 나무 뒤에 숨어 있었고, 누군가를 기다렸다. 나는 그가 누구인지 몰랐다. 그러나 누군가가 다가왔고, 크로머가 내 팔을 눌러서 그 사람을 찔러야 한다고 했을 때, 그 사람이 내 아버지였다. 그때 나는 꿈에서 깨어났다.

이 모든 일들을 겪으면서 나는 카인과 아벨에 대해 생각했지만, 데미안에 대해서는 거의 생각하지 않았다. 그가 다시 내게 다가온 것은 놀랍게도 꿈속에서였다. 나는 다시 학대와 폭력을 당하는 꿈을 꾸었는데, 이번에는 크로머가 아닌 데미안이 나를 누르고 있었다. 그리고 이건 완전히 새로웠고 나에게 깊은 인상을 주었다. 내가 크로머에게 고통과 저항 속에서 겪었던 모든 것들이 데미안에게는 기꺼이 겪게 되었고, 그 감정은 두려움과 동시에 즐거움을 동반했다. 나는 이 꿈을 두 번 꾸었고, 그 후 다시 크로머가 등장했다.

이 꿈에서 내가 경험한 것과 현실에서의 경험을 나는 더 이상 명확히 구분할 수 없었다. 어쨌든 크로머와의 끔찍한 관계는 계속되었고, 내가 결국 그 아이에게 작은 도둑질로 빚진 돈을 모두 갚았을 때도 끝나지 않았다. 아니, 이제 그는 내가 도둑질을 했다는 사실을 알게 되었고, 그는 항상 돈이 어디서 났는지 물었다. 나는 더 이상 그의 손아귀에서 벗어날 수 없었다. 그는 자주 내 아버지에게 모든 것을 말하겠다고 위협했고, 나는 처음부터 아버지에게 모든 것을 털어놓지 않았던 것을 깊이 후회했다. 그러나 내가 얼마나 비참하든지 간에, 나는 모든 것을 후회하지는 않았고, 항상 그런 것도 아니었다. 때로는 모든 것이 그렇게 되어야 한다고 느꼈다. 나에게는 불가피한 운명이 있었고, 그것을 깨뜨리려는 것은 소용없는 일이었다.

아마도 나의 부모님도 이 상황에서 적지 않게 고통을 받으셨을 것이다. 낯선 영혼이 나를 덮쳤고, 나는 더 이상 우리의 친밀했던 공동체에 어울리지 않게 되었다. 그리고 잃어버린 낙원에 대한 그리움이 나를 종종 사로잡았다. 어머니는 나를 악당이 아닌 병자로 대하셨지만, 실제로 상황이 어떻게 되었는지는 두 누나의 태도에서 가장 잘 알 수 있었다.

그녀들은 나를 무척 조심스럽게 대하면서도 한없이 비참하게 만들었다. 그녀들의 태도에서 나는 내가 어떤것에 사로잡힌 사람이며, 그 상태에 대해 책망보다는 동정을 받아야 할 존재라는 것을 알 수 있었다. 그러나 그 상태 속에는 악이 자리잡고 있었다. 나는 그들이 나를 위해 기도하고 있다는 것을 느꼈다. 기도는 평소와 달랐고, 그 기도가 헛된 것임을 느꼈다. 나는 종종 고해성사를 하고 싶다는 열망을 느꼈지만, 아버지나 어머니에게 모든 것을 제대로 말하고 설명할 수 없을 것이라는 예감도 있었다. 그들은 친절하게 받아들일 것이고, 나를 매우 조심스럽게 대하며, 동정할 것이지만, 완전하게 이해하지는 못할 것이다. 이 모든 것을 단순한 탈선으로 여길 것이기 때문이다. 그러나 그것 또한 운명이었다.

어떤 사람들은 열한 살도 되지 않은 아이가 이런 감정을 느낄 수 있다는 것을 믿지 않을 것이다. 그런 사람들에게 나는 내 이야기를 하지 않는다. 나는 인간을 더 잘 이해하는 사람들에게 내 이야기를 한다. 감정을 생각으로 바꾸는 법을 배운 어른은 아이에게서 그런 생각을 찾지 못하고, 그 경험도 없을 것이라고 생각한다. 그러나 나는 그때만큼 깊이 경험하고 고통받은 적이 드물다.

어느 비 오는 날, 나는 나를 괴롭히는 자가 부른 성 광장에서 기다리고 있었다. 젖은 밤나무 잎들이 검고 젖은 나무에서 계속 떨어졌고, 나는 발로 그 잎들을 헤치며 서 있었다. 돈은 없었지만 대신 두 조각의 케이크를 준비해서 그에게 줄 생각이었다. 나는 이미 어딘가 구석에서 그를 오래도록 기다리는 것에 익숙해져 있었다. 사람들은 결국 불가피한 것을 받아들이는 법이다.

마침내 크로머가 왔다. 오늘은 오래 머물지 않았다. 그는 내 갈비뼈를 몇 번 쿡쿡 찌르며 웃었고, 내 케이크를 빼앗아 갔으며, 심지어 젖은 담배도 내게 건네주었지만 나는 받지 않았다. 그는 평소보다 친절했다.

"그래," 그가 가면서 말했다.

"잊지 않도록 해야겠어... 다음번에는 네 누나를 데리고 오면 좋겠어, 누나 이름이 뭐더라?"

나는 이해하지 못했고, 대답도 하지 않았다. 단지 놀란 눈으로 그를 쳐다보았다.

"못 알아듣겠어? 네 누나를 데리고 오라고..."

"그래, 크로머, 하지만 그건 안 돼. 나는 그럴 수 없고, 누나도 절대 오지 않을 거야."

나는 이것이 또 다른 괴롭힘이나 구실일 뿐이라고 생각했다. 그는 종종 불가능한 것을 요구하며 나를 겁주고, 굴욕감을 주었으며, 그 후에는 점차적으로 협상하게 했다. 나는 돈이나 다른 선물로 그의 요구를 충족시켜야 했다.

이번에는 전혀 달랐다. 그는 내 거절에 화를 내지 않았다.

"그래," 그가 가볍게 말했다.

"네가 잘 생각해보면 좋겠어. 나는 네 누나와 알고 지내고 싶어. 그럴 기회가 있을 거야. 그냥 그녀를 산책에 데려가, 그러면 내가 나타날게, 내일 내가 너에게 휘파람을 불면, 다시 이야기하자."

그가 떠난 후, 나는 그의 의도를 갑자기 깨달았다. 나는 아직 완전히 아이였지만, 소년과 소녀가 나이가 좀 더 들면 어떤 비밀스럽고 금지된 일을 할 수 있다는 소문을 알고 있었다. 이제 나는 그것이 얼마나 끔찍한 일인지 갑자기 깨달았고 결코 그렇게 하지 않겠다고 결심했다. 하지만 그 후에 무슨 일이 일어날지, 그리고 크로머가 어떻게 나에게 복수할지 생각하기조차 두려웠다. 새로운 고통이 시작되었고, 그것은 아직 끝나지 않았다.

나는 주머니에 손을 넣고 텅 빈 광장을 슬프게 걸었다. 새로운 고통, 새로운 노예 생활!

그때 새롭게 들리는 목소리가 나를 불렀다. 나는 놀라서 달리기 시작했다. 누군가가 나를 뒤따라오며 부드러운 손이 나를 뒤에서 잡았다. 그 사람은 막스 데미안이었다.

나는 도망치기를 포기하고 그에게 붙잡혔다.

"너구나?" 내가 불안하게 말했다.

"너 때문에 깜짝 놀랐어!"

그가 나를 바라보았고, 그의 눈빛은 어른스럽고 통찰력 있는 모습으로 빛났다. 우리는 오랫동안 이야기하지 않았다.

"미안해," 그가 예의 바르지만 단호한 목소리로 말했다.

"하지만 들어봐, 그렇게 쉽게 놀라면 안 돼."

"그래도 그런 일이 있을 수 있잖아."

"그럴 수도 있지. 하지만 봐봐. 누군가가 너에게 아무 짓도 하지 않았는데 그렇게 놀란다면, 그 사람은 호기심을 갖고 너를 겁먹은 사람으로 생각할 거야. 겁쟁이들은 항상 두려워하거든. 하지만 나는 네가 겁쟁이는 아니라고 생각해. 그렇지 않니? 물론, 네가 영웅은 아니야. 너도 두려운 것들이 있고 두려운 사람들도 있어. 하지만 사람들 앞에서는 절대 두려워해서는 안 돼. 나는 두렵지 않지? 그렇지?"

"응, 전혀 두렵지 않아."

"그래, 봐봐. 하지만 너는 두려운 사람들이 있지?"

"잘 모르겠어... 그냥 놔둬, 왜 나에게 이러는 거야?"

나는 빠르게 걸었고, 도망칠 생각을 했다. 하지만 그는 내 옆에서 걸었고 그의 시선이 느껴졌다.

"한번 생각해 봐," 그가 다시 말했다.

"나는 너에게 좋은 의도를 가지고 있어. 어쨌든 나를 두려워할 필요는 없어. 나는 너와 함께 재미있는 실험을 하고 싶거든, 재미있고 유익한 것을 배울 수 있을 거야. 잘 들어봐! 나는 때때로 사람들의 마음을 읽는 능력을 시도해. 이건 마법이 아니지만 그것이 어떻게 이루어지는지 모르면 매우 신기해 보일 거야. 사람들을 아주 놀라게 할 수 있지. 자, 한번 해볼까? 내가 너를 좋아하거나 너에게 관심이 있어서 너의 내면을 알고 싶어해. 첫 번째 단계는 이미 했어. 내가 너를 놀라게 했지. 너는 겁이 많아. 너에게는 두려운 것들과 사람들이 있어. 그게 어디서 온 걸까? 사람은 누구도 두려워할 필요가 없어. 누군가를 두려워하는건 네가 그 사람에게 힘을 부여했기 때문이야. 예를 들어, 너는 나쁜 짓을 했고 그 사람이 그것을 알고 있어. 그러면 그 사람은 너를 굴복시킬 힘을 가지게 돼. 이해하겠어? 분명하지?"

나는 그의 얼굴을 무력하게 바라보았다. 그의 얼굴은 항상 그렇듯이 진지하고 지혜로웠으며, 친절하기는 했지만 전혀 애정이 담겨 있지 않았다. 오히려 엄격했고 공정함이나 그 비슷한 것이 담겨 있었다. 나는 무슨 일이 일어나고 있는지 몰랐고 그는 마치 마법사처럼 내 앞에 서 있었다.

"이해했니?" 그가 다시 물었다.

나는 고개를 끄덕였지만 차마 말을 할 수는 없었다.

"내가 말했듯이, 마음을 읽는 것은 보기에는 이상해 보일 수 있지만 아주 자연스럽게 이루어져. 예를 들어, 내가 너에게 카인과 아벨 이야기를 했을 때, 네가 나에 대해 무슨 생각을 했는지 꽤 정확하게 말할 수 있어. 하지만 그건 여기서 중요한 게 아니야. 나는 네가 나에 관한 꿈을 꾸었을 가능성도 있다고 생각해. 하지만 그건 놔두자. 너는 똑똑한 아이야, 대부분의 아이들은 너무 멍청해! 나는 때때로 신뢰할 수 있는 똑똑한 아이와 이야기하는 것을 좋아해. 괜찮지?"

"응, 괜찮아. 하지만 이해가 잘 안 돼."

"재미있는 실험으로 돌아가보자! 우리는 이렇게 결론 내렸어. 소년 S는 겁이 많다, 그는 누군가를 두려워한다, 그는 아마도 그 사람과 불편한 비밀을 가지고 있다. 이게 맞아?"

나는 마치 꿈을 꾸는 듯 그의 목소리와 영향력에 사로잡혔다. 나는 고개를 끄덕였다. 그 목소리는 마치 내 안에서 나오는 소리 같았다. 모든 것을 알고 있는 목소리, 나보다 더 명확히 알고 있는 목소리 같았다.

데미안이 힘차게 내 어깨를 두드렸다.

"맞아. 내가 그렇게 생각했어. 이제 단 하나의 질문만 더 하자. 아까 떠난 소년의 이름을 알고 있니?"

나는 깜짝 놀랐고, 내 비밀은 고통스럽게 흔들렸다. 나는 그것이 드러나기를 원하지 않았다.

"무슨 소년? 여기에 소년은 없었어, 나 혼자였어."

그가 웃었다.

"말해봐!" 그가 웃으며 말했다.

"이름이 뭐야?"

"프란츠 크로머를 말하는 거야?"나는 속삭였다.

그는 만족스럽게 고개를 끄덕였다.

"좋아! 너는 눈치가 빠른 녀석이야, 앞으로 우리는 친구가 될 수 있을 거야. 이제 너에게 진실을 말해줄게. 그 크로머라는 애는 나쁜 놈이야. 그의 얼굴이 그가 나쁜 놈이라고 말해줘! 너도 그렇게 생각하지?"

"맞아," 나는 한숨을 쉬며 말했다.

"그는 나쁜 놈이고, 악마야! 하지만 그는 아무것도 알아서는 안 돼! 제발, 그는 아무것도 알아서는 안 돼. 그를 알고 있어? 그가 너를 알아?"

"걱정 마! 그는 떠났고 아직 나를 알지 못해. 하지만 나는 그를 알고 싶어. 그는 초등학교에 다니지?"

"응."

"몇 학년이야?"

"5학년이야 하지만 그에게 아무 말도 하지 마! 제발, 아무 말도 하지 말아줘!"

"걱정 마, 너에게 아무 일도 일어나지 않을 거야. 그 크로머에 대해 더 이야기하고 싶지 않아?"

"못 해! 안 할거야. 제발 그냥 놔둬!"

그는 잠시 침묵했다.

"안타깝다," 그가 말했다.

"우리가 실험을 좀 더 이어갈 수 있었을 텐데. 하지만 너를 괴롭히고 싶지는 않아. 하지만 알아둬. 네가 그를 두려워하는 것은 옳지 않다는 것을... 그런 두려움은 우리를 완전히 망가뜨려. 그걸 없애야 해. 그래야 네가 제대로 된 사람이 될 수 있어. 이해하겠지?"

"물론, 네 말이 맞아... 하지만 그건 안 돼. 너는 아직 잘 모르잖아..."

"내가 많은 것을 알고 있다는 것을 봤지? 네가 생각했던 것보다 더 많이. 그에게 돈이라도 빚졌니?"

"음, 그것도 있지만, 그게 주된 이유는 아니야. 말할 수 없어, 정말 말 못 해!"

"내가 너에게 그에게 빚진 만큼의 돈을 준다면 도움이 되지 않을까? 내가 그 돈을 줄 수도 있어."

"아니, 아니, 그런게 아니야. 그리고 제발, 아무에게도 말하지 마! 한마디도! 그건 나를 불행하게 할 거야!"

"믿어봐, 싱클레어. 나중에 언젠가 네 비밀을 나에게 말해 줄 날이 올 거야."

"절대, 절대 아니야!" 내가 격하게 외쳤다.

"네가 원하는 대로. 나는 단지 나중에 더 많이 말할지도 모른다고 생각했을 뿐이야. 물론 자발적으로, 알겠지. 내가 크로머처럼 행동할 거라고 생각하지는 않겠지?"

"아니, 전혀 그렇지 않아. 하지만 너는 아무것도 모른단 말이야!"

"당연히 아무것도 모르지. 그냥 생각해보는 거야. 그리고 나는 절대 크로머처럼 행동하지 않을 거야, 그건 믿어줘. 너는 나에게 아무 빚도 없잖아."

우리는 한참 동안 침묵했고, 나는 점점 더 차분해졌다. 그러나 데미안의 능력은 여전히 나에게 수수께끼였다.

"이제 집에 가야겠다," 그가 말했다.

그는 비를 맞으며 외투를 더 단단히 여몄다.

"너에게 한 가지를 다시 말해 줄게. 우리가 여기까지 왔으니... 그 녀석을 떨쳐내야 해! 정말 안 된다면, 그를 죽여버려도 돼! 네가 그렇게 하면 나는 매우 감탄할 거야. 그리고 나도 너를 도울 거야."

나는 다시 두려워졌다. 카인 이야기가 갑자기 떠올랐다. 나는 무서워졌고, 슬며시 눈물이 나기 시작했다. 너무 많은 불길한 일들이 내 주변에 있었다.

"좋아," 막스 데미안이 미소 지으며 말했다.

"집으로 가! 우리가 앞으로 해결할 수 있을 거야. 비록 그를 죽이는 것이 가장 쉬운 방법이고, 이런 일에서는 가장 쉬운 방법이 항상 최선이야. 네 친구 크로머와 함께 있는 것은 결코 좋지 않아."

집에 돌아왔을 때, 나는 마치 1년 동안이나 집을 떠나 있었던 것 같았다. 모든 것이 다르게 보였다. 나와 크로머 사이에 무언가 미래와 같은 희망과 같은 것이 있었다. 나는 더 이상 혼자가 아니었다! 그리고 이제야 내가 내 비밀과 함께 몇 주 동안 얼마나 외로웠는지 깨달았다. 그리고 나는 여러 번 생각했던 것이 떠올랐다. 부모님께 고해성사를 하면 마음이 가벼워지겠지만, 완전히 해방되지는 않을 것이다. 하지만 이제 나는 다른 사람에게, 낯선 사람에게 거의 고해성사를 한 셈이었다. 그리고 해방의 예감이 강한 향기처럼 나에게 다가왔다!

아직 나의 두려움은 완전히 극복되지 않았고, 나는 여전히 오랜 시간 동안 내 적과 끔찍한 대립을 해야 할 준비가 되어 있었다. 그런데 모든 것이 그렇게 조용하고, 완전히 비밀스럽고 평화롭게 지나가는 것이 나에게는 매우 이상했다.

크로머의 휘파람 소리가 우리 집 앞에서 사라졌다. 하루, 이틀, 사흘, 일주일 동안이나... 나는 믿을 수 없었고, 내심 여전히 그가 언제든 다시 나타날지 모른다는 경계심을 가지고 있었다. 그러나 그는 사라졌고 나타나지 않았다. 새로운 자유에 대한 불신으로 나는 여전히 그가 돌아올지 모른다고 생각했다. 그러던 어느 날, 나는 프란츠 크로머를 마주쳤다. 그는 내 쪽으로 오고 있었는데, 나를 보자마자 움찔하며 얼굴을 일그러뜨렸고, 더 이상 나를 마주치지 않기 위해 돌아섰다.

그 순간은 나에게 엄청난 충격이었다! 내 적이 나를 피해 달아났다! 나의 악마가 나를 두려워했다! 나는 기쁨과 놀라움으로 가득 찼다.

며칠 후, 데미안이 다시 나타났다. 그는 학교 앞에서 나를 기다리고 있었다.

"안녕." 내가 말했다.

"좋은 아침이야, 싱클레어. 그냥 네가 어떻게 지내는지 궁금해서... 크로머가 이제 너를 괴롭히지 않지?"

"네가 한거야? 어떻게? 어떻게 그런 일이 일어났어? 그는 완전히 사라졌어."

"그건 좋은 일이지. 만약 그가 다시 나타난다면... 나는 그가 그러지 않을 거라고 생각하지만, 그는 좀 뻔뻔하니까... 그에게 그냥 데미안을 생각하라고 말해."

"하지만 어떻게 된 일이야? 그와 싸움을 벌였어? 그를 때렸어?"

"아니, 나는 그런 거 잘 안 해. 나는 그저 너와 이야기하듯 그와 이야기했어. 그리고 그가 너를 괴롭히지 않는 것이 그의 이익이라는 것을 깨닫게 해줬어."

"설마 돈을 준 건 아니겠지?"

"아니, 너도 그 방법은 시도해 봤잖아."

나는 그에게 여러 가지를 물어보려 했지만, 그는 대답하지 않고 떠났다. 나는 여전히 그에 대해 혼란스러웠다. 그의 능력은 나에게 수수께끼였다. 고마움과 두려움, 존경과 두려움, 애정과 내적 거부감이 뒤섞인 이상한 감정이었다.

나는 그를 다시 만나기로 결심했고, 그 후 카인 이야기를 포함해 이 모든 것에 대해 그와 더 많은 이야기를 나누고 싶었다. 하지만 그렇게 되지 않았다.

나는 감사라는 덕목을 믿지 않는다. 아이에게 감사함을 요구하는 것은 잘못된 일이라고 생각한다. 그래서 내가 막스 데미안에게 전혀 감사하지 않았던 것에 대해 놀라지도 않는다. 하지만 만약 그가 나를 크로머의 손아귀에서 구해주지 않았다면 나는 평생 병들고 망가졌을 것이라고 확신한다. 나는 그때도 이 해방을 내 젊은 삶에서 가장 큰 사건으로 느꼈다. 하지만 그 구원자가 기적을 행하자마자 나는 그를 무시했다.

말했듯이, 나의 감사하지 않음은 이상하지 않다. 오직 내가 보인 호기심의 부족이 이상할 뿐이다. 어떻게 내가 하루라도 조용히 지낼 수 있었을까, 데미안이 나에게 준 비밀에 더 가까워지지 않고? 어떻게 내가 카인에 대해 더 알고 싶은 욕망을 억눌렀을까, 크로머에 대해 더 알고 싶은 욕망을, 그리고 마음읽기에 대해 더 알고 싶은 욕망을 억눌렀을까?

거의 이해할 수 없는 일이었지만 나는 갑자기 악마의 덫에서 풀려났고, 세상이 다시 밝고 즐겁게 보였다. 더 이상 공포 발작과 심장의 두근거림에 시달리지 않았다. 저주는 풀렸다. 나는 더 이상 고통받고 저주받은 자가 아니었다. 나는 다시 평범한 학교 소년이 되었다. 내 본성은 가능한 한 빨리 다시 균형과 평온을 찾으려 했고, 그렇게 하기 위해 모든 추악하고 위협적인 것들을 멀리 밀어내고 잊으려 애썼다. 내 죄책감과 두려움에 대한 긴 이야기 전체가 어떤 흉터나 인상도 남기지 않은 채 놀랍도록 빨리 내 기억에서 사라졌다.

오늘 나는 또한 나를 도와주고 구해주었던 사람을 빨리 잊으려고 노력했다는 것을 이해한다. 크로머의 끔찍한 노예 생활에서 벗어나기 위해 나는 모든 힘을 다해 내가 행복하고 만족했던 곳으로 도망쳤다. 다시 열린 잃어버렸던 낙원으로, 밝은 부모님과 누나들이 있는 세계로, 깨끗한 향기와 아벨의 신앙심으로 돌아갔다.

데미안과 짧은 대화를 나눈 다음 날, 나는 다시 찾은 자유를 완전히 확신하고 더 이상 재발을 두려워하지 않았다. 그때 내가 오랫동안 간절히 원했던 것, 즉 고해성사를 했다. 나는 어머니에게 가서 자물쇠가 부서지고 돈 대신 놀이용 동전이 들어 있는 저금통을 보여주었다. 그리고 나는 오랫동안 나의 잘못으로 인해 나쁜 괴롭힘에 얽매여 있었다고 고백했다. 어머니는 모든 것을 이해하지는 못했지만, 저금통을 보고, 내 변한 표정을 보고, 내 변한 목소리를 듣고, 내가 회복되고 다시 돌아온 것을 느꼈다.

그렇게 나는 다시 받아들여지는 축제를 기쁜 마음으로 지내게 되었다. 돌아온 탕자의 귀환이었다. 어머니는 나를 아버지께 데려갔고, 이야기가 반복되었으며, 놀라움의 질문과 외침이 쏟아졌다. 두 부모님은 내 머리를 쓰다듬어 주었고 드디어 오랜 걱정에서 해방되었다. 모든 것이 훌륭했고, 모든 것이 아름다운 이야기처럼 풀어졌다.

나는 진정한 열정을 가지고 이 화해 속으로 도망쳤다. 나는

다시 부모님의 신뢰와 평화를 얻은 것에 충분히 만족할 수 없었다. 나는 모범적인 집안의 아이가 되었고, 누나들과 더 많이 놀았으며, 기도 시간에 기쁨과 구원의 감정을 담아 사랑하는 옛 노래를 불렀다. 이것은 진심이었고, 거짓도 없었다.

하지만 여전히 모든 것이 제대로 된 것은 아니었다. 그리고 여기서 데미안에 대한 나의 망각이 진정으로 설명되는 유일한 이유가 나온다. 나는 그에게 고해성사를 했어야 했다! 그 고해성사는 덜 화려하고 감동적이었겠지만 나에게 더 큰 의미가 있었을 것이다. 이제 이전의 낙원 세계에 뿌리를 두고 있던 모든 것이 돌아와 은혜롭게 받아들여졌다. 그러나 데미안은 그 세계에 속하지 않았고 거기에 맞지도 않았다. 그는 크로머와 달랐지만 그 역시 유혹자였고, 나를 두 번째 나쁜 세계와 연결시켰다. 그리고 나는 이제 그 세계에 대해 더 이상 아무것도 알고 싶지 않았다. 나는 아벨을 버리고 카인을 찬양할 수 없었다. 이제 내가 다시 아벨이 되었기 때문에...

이것이 외적인 관련성이다. 내적인 관련성은 이렇다. 나는 크로머와 악마의 손에서 구원받았지만, 내 자신의 힘과 노력으로 구원받은 것은 아니었다. 나는 세상의 길을 걸으려고 했지만 그것은 나에게 너무 미끄러웠다. 친절한 손이 나를 구해주었을 때, 나는 어머니의 품과 보호받는, 신앙심 있는 어린 시절의 안전함으로 달려갔다. 나는 스스로를 더 어리고, 더 의존적이고, 더 어린아이처럼 만들었다. 나는 크로머의 종속을 새로운 종속으로 대체해야 했다, 왜냐하면 혼자서는 걸을 수 없었기 때문이다. 그래서 나는 맹목적인 마음으로 아버지와 어머니, 사랑하는 옛 '밝은 세계'에 종속되기를 선택했다. 나는 이미 그것이 유일한 세계가 아니라는 것을 알고 있었다. 만약 내가 그렇게 하지 않았다면, 나는 데미안에게 의지하고 신뢰해야 했을 것이다. 내가 그렇게 하지 않은 것은 그의 낯선 생각에 대한 정당한 불신처럼 보였다. 하지만 실제로는 두려움 때문이었다. 왜냐하면 데미안은 부모님이 요구하는 것보다 더 많은 것을 요구했을 것이기 때문이다. 그는 나를 자율적으로 만들기 위해 격려와 권고, 조롱과 아이러니로 나를 독립적으로 만들려 했을 것이다. 이제서야 나는 그것을 알게 되었다. 세상에서 가장 불쾌한 것은 자신에게 이끌리는 길을 걷는 것이다!

그러나 약 반년 후, 나는 산책 중에 아버지에게 물어볼 유혹을 이기지 못하고, 어떤 사람들이 카인을 아벨보다 더 나은 사람으로 여긴다는 것에 대해 어떻게 생각하는지 물었다.

아버지는 매우 놀라며, 이것이 새로운 생각이 아니라고 설명해 주었다. 이 생각은 초기 기독교 시대에도 있었으며, '카인파'라고 불리는 한 종파에서 가르쳤다고 했다. 그러나 당연히 이 터무니없는 교리는 악마가 우리의 신앙을 파괴하려는 시도에 불과하다고 했다. 만약 카인이 옳고 아벨이 틀렸다고 믿는다면, 이는 하나님이 실수를 했다는 것을 의미하고, 따라서 성경의 하나님이 참된 유일한 하나님이 아니라는 결론이 나온다는 것이다. 실제로 카인파는 이와 유사한 것을 가르치고 설교했지만, 이 이단은 오래전에 사라졌고, 아버지는 내 친구가 그것에 대해 알게 된 것에 대해 놀라워했다. 어쨌든 아버지는 나에게 진지하게 이런 생각을 멀리하라고 당부했다.

세 번째 장

도둑

도둑

내 어린 시절에 대해, 부모님과 함께한 안전했던 시간에 대해, 어린 시절의 사랑과 온화하고 밝은 환경 속에서의 만족스러운 놀이에 대해 이야기하면 아름답고 사랑스러운 이야기가 될 것이다. 다른 사람들도 이에 대해 충분히 이야기했다. 나에게 중요한 것은 내가 나 자신에게 도달하기 위해 내 삶에서 밟아온 발자취들 뿐이다. 그 모든 아름다운 쉼터, 행복의 섬들, 그리고 그 매력을 알고 있지만 다시 들어가고 싶지 않은 잃어버린 낙원들을 나는 빛나는 거리 속에 남겨둘 것이고 다시 방문할 생각은 없다.

그래서 내가 소년 시절에 머물러 있는 동안에 새로운 것이 내게 왔고, 나를 앞으로 나아가게 했으며, 나를 떼어놓은 것들에 대해서만 이야기한다. 항상 이러한 자극은 '다른 세계'

에서 왔으며 두려움과 강요, 죄책감을 동반했다. 그것들은 혁명적이었고 내가 머물고 싶었던 평화를 위협했다.

밝은 세계에서는 숨고 숨겨야 하는 원초적인 충동이 내 안에서 살고 있다는 것을 다시 발견해야 하는 시기가 왔다. 모든 사람들과 마찬가지로, 나에게도 서서히 깨어나는 성적 감정은 적과 파괴자로, 금지된 것으로, 유혹과 죄악으로 다가왔다. 나의 호기심이 추구했고 꿈과 욕망과 두려움을 만들어낸 것은 사춘기의 큰 비밀이었고, 그것은 나의 어린 시절의 평화로운 행복과 전혀 맞지 않았다. 나는 평범한 사람처럼 행동했다. 나는 더 이상 아이가 아니었지만 아이처럼 이중 생활을 했다. 내 의식은 친숙하고 허용된 세계에 살았고, 새로운 세계가 떠오르는 것을 부정했다. 그러나 나는 꿈과 본능, 그리고 지하 세계의 소원들 속에 살았고, 내 의식은 그 위에 점점 더 두려운 다리를 지었다. 왜냐하면 내 안의 어린 시절의 세계가 무너지고 있었기 때문이다. 거의 모든 부모들처럼, 나의 부모도 깨어나는 생명력을 돕지 않았다. 그들은 단지 내가 현실을 부정하고 점점 더 비현실적이고 거짓된 어린 시절의 세계에 머물기를 도왔다. 부모가 여기서 할 수 있는 일이 많지 않다는 것을 알기에, 나는 부모를 비난하지 않는다. 나의 문제는 나 스스로 해결하고 내 길을 찾는 것이었지만, 나는 대부분의 잘 자란 사람들처럼 나의 문제를 잘 해결하지 못했다.

모든 사람은 이런 어려움을 겪는다. 평균적인 사람에게 이 것은 인생에서 자신의 삶의 요구와 주변 환경의 요구가 가장 심하게 충돌하는 지점이다. 앞으로 나아가는 길에서 가장 쓰 라리게 싸워야 하는 곳이다. 많은 사람들은 우리의 운명인 죽 음과 재탄생을 일생에 단 한 번, 어린 시절이 시들고 천천히 무너질 때, 모든 소중한 것들이 우리를 떠나려고 할 때, 그리 고 갑자기 우리 주위에 우주의 고독과 치명적인 추위를 느낄 때 경험한다. 그리고 많은 사람들은 이 절벽에 영원히 매달려 살아가며, 되돌릴 수 없는 과거나 잃어버린 낙원에 대한 꿈에 고통스럽게 매달리며 살아간다. 그 꿈은 가장 끔찍하고 치명 적인 꿈이다.

이야기로 돌아가보자. 어린 시절의 끝을 알리는 감정과 꿈 의 이미지는 생각만큼 중요하지 않다. 중요한 것은 '어두운 세계', '다른 세계'가 다시 돌아왔다는 것이다. 한때 프란츠 크로머였던 것이 이제 내 안에 자리잡았다. 그리고 그로 인해 외부의 '다른 세계'도 다시 나에게 힘을 얻었다.

크로머와의 사건 이후 몇 년이 흘렀다. 그 극적이고 죄 많 던 시기는 이제 나에게서 매우 멀리 떨어져 있었고, 짧은 악 몽처럼 아무것도 아닌 것처럼 보였다. 프란츠 크로머는 오랫 동안 내 삶에서 사라졌고, 그를 다시 만나도 거의 신경 쓰지 않았다. 그러나 내 비극의 또 다른 중요한 인물인 막스 데미안은 나의 주변에서 완전히 사라지지 않았다. 그는 오랜 시간 동안 멀리, 가장자리에 서 있었고, 보이긴 했지만 영향력은 없었다. 천천히 그는 다시 가까워지기 시작했고, 다시 힘과 영향력을 발휘하기 시작했다.

나는 그 시절 데미안에 대해 무엇을 기억하는지 떠올리려고 노력한다. 아마도 나는 1년 이상 그와 한 번도 이야기하지 않았을 것이다. 나는 그를 피했고, 그는 결코 강요하지 않았다. 가끔 우리가 마주쳤을 때, 그는 나에게 친절하게 인사했다. 그의 친절함에는 미세한 조롱이나 비웃음의 뉘앙스가 있는 것처럼 보였지만, 그것은 나 혼자만의 상상일 수도 있다. 그와 함께한 이야기와 그가 나에게 미쳤던 이상한 영향들은 마치 잊혀진 것처럼 보였다. 그에게도 나에게도...

나는 그의 모습을 떠올리려고 노력했고, 이제 그를 생각해 보니 그가 정말로 거기에 있었고 내가 그를 알아차렸다는 것을 알게 되었다. 나는 그가 학교에 가는 것을 본다. 혼자서, 혹은 나이 많은 학생들 사이에서, 그는 그들 사이에서 낯설고, 고독하고, 조용하게, 자신만의 법칙 아래 살며, 자신만의 공기를 가지고 다니는 것처럼 보였다. 아무도 그를 좋아하지 않았고 아무도 그와 친하지 않았다. 오직 그의 어머니만이 그와 가까웠으며 그녀와도 아이처럼 지내는 것이 아니라 어른처럼 지내는 것 같았다. 교사들은 가능한 한 그를 건드리지 않으려 했다. 그는 좋은 학생이었지만 누구에게도 잘 보이려고 하지 않았다. 가끔 우리는 그가 교사에게 한 말이나 반응에 대한 소문을 들었는데, 그것은 대단히 도전적이거나 비꼬는 것이었다.

나는 눈을 감고 기억을 되살리며 그의 모습을 본다. 그게 어디였더라? 아, 이제 다시 떠오른다. 우리 집 앞 골목이었다. 어느 날 나는 그가 노트를 들고 서 있는 것을 보았는데 그는 우리 집 문 위에 있는 오래된 문장을 그리고 있었다. 나는 커튼 뒤 창문에 숨어 그를 지켜보았다. 그의 얼굴은 주의 깊고, 차갑고, 밝은 표정으로 문장을 바라보고 있었으며, 마치 연구자나 예술가처럼 의지에 가득 차 있었다. 그 얼굴은 남자의 얼굴이었고, 연구자나 예술가의 얼굴처럼 보였으며, 특이하게 밝고 차가운 눈을 가지고 있었다.

그리고 또 다른 기억이 있다. 얼마 지나지 않아 거리에서 우리는 학교를 마치고 돌아오는 길에 쓰러진 말 주위에 서 있었다. 말은 농부의 마차 앞에 쓰러져 있었고, 코를 벌름거리며 숨을 쉬고 있었으며, 보이지 않는 상처에서 피가 흘러나와 도로의 하얀 먼지를 천천히 붉게 물들이고 있었다. 내가 그 광경에서 불편함을 느끼며 고개를 돌렸을 때 데미안의 얼굴을 보았다. 그는 앞서지 않고, 뒤에서 편안하고 우아하게 서 있었다. 그의 시선은 말의 머리에 고정되어 있었고, 깊고 조

용하며 거의 광적인, 그러나 냉정한 관심을 보였다. 나는 그를 오랫동안 쳐다보아야 했고, 그 당시에는 의식적으로 느끼지 못했지만, 아주 이상한 느낌을 받았다. 나는 데미안의 얼굴을 보았고, 그가 소년의 얼굴이 아니라 남자의 얼굴을 가지고 있다는 것을 알았다. 나는 더 많은 것을 보았거나 느꼈다. 그것은 남자의 얼굴도 아니었고, 다른 무언가였다. 그 얼굴에는 여성의 얼굴도 섞여 있는 것 같았고, 특히 그 얼굴은 남성도 아니고 소년도 아니며, 나이 든 것도 아니고 젊은 것도 아니며, 어떤 면에서는 천년의 시간을 초월한, 우리가 사는 시간과는 다른 시간에서 온 얼굴처럼 보였다. 동물이나 나무, 별들이 그런 얼굴을 가지고 있을지도 모른다고 느꼈다. 그때는 그것을 정확히 알지 못했지만, 지금 어른이 되어 생각해보니 그런 비슷한 감정을 느꼈던 것 같다. 그는 아름다웠을 것이고, 마음에 들었을 것이며, 어쩌면 그를 싫어했을지도 모른다. 나는 그저 그가 우리와 다르다는 것만 알았다. 그는 동물이나 영혼, 혹은 그림 같았다. 그는 우리 모두와 다르게 보였고 상상할 수 없을 정도로 달랐다.

　기억은 더 이상 나에게 말해주지 않는다. 아마 이것들조차도 나중에 받은 인상들로부터 나온 것일 수도 있다.

　몇 년이 지나서야 나는 그와 다시 가까워질 수 있었다. 데미안은 그의 또래들과 함께 교회에서 세례를 받지 않았고, 이에 대한 소문이 다시 돌았다. 학교에서는 그가 사실 유대인이라거나, 아니면 이교도라거나, 또는 그는 그의 어머니와 함께 아무 종교도 없이 살거나 나쁜 종파에 속해 있다는 말이 돌았다. 그와 관련된 소문 중에는 그가 어머니와 연인처럼 지낸다는 의혹도 있었다. 아마도 그는 지금까지 무교로 자랐지만, 그의 미래에 불이익이 될 것을 염려한 것 같았다. 결국 그의 어머니는 그가 두 살이나 어린 동급생들과 함께 세례를 받도록 결심했다. 그래서 그는 몇 달 동안 나와 함께 종교 수업을 듣게 되었다.

한동안 나는 그와 완전히 거리를 두었다. 나는 그와 엮이고 싶지 않았다. 그는 소문과 비밀에 너무 둘러싸여 있었고, 특히 크로머 사건 이후 내 안에 남아 있던 의무감이 나를 괴롭혔다. 그리고 바로 그때 나는 내 자신의 비밀들로 충분히 바빴다. 나에게는 종교 수업이 성적인 문제에 대한 중요한 깨달음의 시기와 겹쳤고, 좋은 의지에도 불구하고 신앙 교육에 대한 내 관심은 매우 떨어졌다. 목사님이 말씀하시는 것들은 아마도 매우 아름답고 가치 있는 것일 수 있었지만, 나에게서 멀리 떨어진 조용하고 신성한 비현실에 가까웠고, 전혀 시의적절하거나 흥미롭지 않았다. 반면에 다른 것들은 매우 흥미롭고 자극적이었다.

이런 상황으로 인해 수업에 무관심해질수록 내 관심은

다시 막스 데미안에게로 향했다. 우리를 연결시키는 무언가가 있는 것 같았다. 나는 이 실마리를 가능한 한 정확히 따라가야 했다. 내가 기억하기로는, 어느 이른 아침, 교실에 아직 불이 켜져 있을 때 시작되었다. 우리 목사님이 카인과 아벨의 이야기를 언급하셨다. 나는 거의 신경 쓰지 않았고, 졸려서 거의 듣지 않았다. 그러다 목사님이 큰 목소리로 카인의 표식에 대해 강하게 말씀하시기 시작했다. 그 순간 나는 어떤 느낌이나 경고를 받았고, 고개를 들자 앞쪽 줄에서 데미안의 얼굴이 나를 돌아보며 밝은 눈으로 나를 바라보고 있었다. 그 눈빛이 조롱인지 진지함인지 알 수 없었다. 그는 나를 잠깐 쳐다봤고, 나는 갑자기 목사님의 말씀에 귀를 기울였다. 목사님이 카인과 그의 표식에 대해 말씀하시는 것을 들었고, 깊은 내면에서 그것이 목사님이 가르치는 것과 다를 수 있으며, 그것에 대한 비판이 가능하다는 것을 느꼈다!

이 순간부터 데미안과 나 사이에 다시 연결이 생겼다. 이상하게도 이 연결의 느낌이 생기자마자, 그것은 마치 마법처럼 공간적으로도 나타났다. 그가 스스로 그렇게 했는지, 단순한 우연이었는지 나는 알 수 없었다. (당시 나는 여전히 우연을 믿었다.) 며칠 후, 데미안은 갑자기 종교 수업에서 자리를 옮겨 내 바로 앞에 앉았다. 나는 아직도 아침에 꽉 찬 교실의 답답한 공기 속에서 그의 목 뒤에서 나는 신선한 비누 냄새를 맡는 것이 얼마나 좋았는지 기억한다. 그리고 며칠 후, 그는 다시 자리를 옮겨 이제는 내 옆에 앉았다. 그는 겨울과 봄 내내 그 자리에 앉아 있었다.

아침 시간이 완전히 달라졌다. 더 이상 졸리고 지루하지 않았다. 나는 그 시간이 기대되었다. 가끔 우리는 목사님의 말씀을 매우 주의 깊게 들었고, 내 옆에 앉은 데미안의 시선 한 번이면 이상한 이야기나 기묘한 구절을 알아차리기에 충분했다. 그리고 그의 또 다른 시선, 매우 특정한 시선은 나에게 경고하고 비판과 의심을 불러일으키기에 충분했다.

하지만 우리는 자주 수업을 제대로 듣지 않는 나쁜 학생들이었다. 데미안은 항상 교사와 동료들에게 예의 바르게 행동했고 나는 그가 학생들의 장난을 치거나 큰 소리로 웃거나 떠드는 것을 한 번도 본 적이 없었다. 그는 교사에게 혼나는 일도 없었다. 그러나 그는 매우 조용하게, 속삭임보다는 신호와 눈빛으로 나를 자신의 활동에 참여시키는 방법을 알고 있었다. 이 활동들은 부분적으로 매우 독특한 것들이었다.

예를 들어, 그는 나에게 어떤 학생들이 흥미롭고 그들을 어떻게 관찰하는지 말해 주었다. 어떤 학생들은 매우 자세히 알고 있었다. 수업 전에 그는 나에게 "내가 엄지손가락으로 신호를 주면, 그 학생이 우리를 돌아보거나 목을 긁을 거야"라고 말했다. 수업 중에 내가 거의 잊고 있을 때, 막스는 갑자기 눈에 띄는 동작으로 나에게 엄지손가락 신호를 보냈다. 나는 그 학생을 빠르게 쳐다보았고, 그는 매번 꼭두각시처럼 신호에 따라 행동했다. 나는 막스에게 교사에게도 한번 해보라고 졸랐지만 그는 하지 않으려 했다. 하지만 한 번은 내가 수업에 들어가서 "오늘 숙제를 하지 못했는데, 목사님이 오늘은 나를 부르지 않았으면 좋겠어"라고 말했을 때, 그는 나를 도와주었다. 목사님이 학생들에게 교리문답을 외우게 하려고 한 명을 찾고 있었고, 그의 시선이 죄책감에 가득 찬 내 얼굴에 멈췄다. 그는 천천히 다가와 손가락으로 나를 가리켰고, 이미 내 이름을 부르려 하고 있었다. 그런데 갑자기 그는 산만해지거나 불안해져서, 목 부분을 만지작거리며 데미안에게 다가갔다. 데미안은 그를 똑바로 쳐다보았고, 목사님은 그에게 무언가를 물으려는 것처럼 보였으나, 갑자기 방향을 바꾸고 다른 학생을 불렀다.

처음에는 이러한 장난들이 나를 매우 즐겁게 했지만, 점차적으로 나는 친구가 나에게도 똑같은 장난을 자주 치고 있다는 것을 깨달았다. 학교로 가는 길에 가끔 나는 데미안이 내 뒤에 조금 떨어져서 걸어가고 있는 느낌이 들었고, 뒤돌아보면 그가 거기 있었다.

"다른 사람이 네가 원하는 것을 생각하게 할 수 있어?"라고 그에게 물었다.

그는 성인의 태도로 차분하고 사실적으로 대답했다.

"아니, 그건 할 수 없어. 사람에게는 자유 의지가 없거든... 목사님이 그렇게 행동하는 것처럼 보여도 말이야. 다른 사람들도 자기가 원하는 것을 생각하게 할 수 없고, 나도 마찬가지로 사람들에게 내가 원하는 것을 생각하게 할 수 없어. 하지만 사람을 잘 관찰해보면, 그가 무엇을 생각하거나 느끼고 있는지 꽤 정확하게 알 수 있게되고, 그러면 그가 다음 순간에 무엇을 할지도 대부분 예측할 수 있게 되. 그건 아주 간단해, 사람들이 그것을 모르고 있을 뿐이지. 물론 연습이 필요하긴 해.

예를 들어, 나방 중에는 암컷이 수컷보다 훨씬 드문 종이 있어. 나방들은 모든 동물들처럼 번식하고, 수컷이 암컷을 수정시킨 후 암컷은 알을 낳아. 그런데 이 나방들의 암컷을 밤에 놓아두면, 수컷 나방들이 수 킬로미터 떨어진 곳에서도 날아와. 몇 시간 동안 날아오는 거야! 그것을 설명해보려 하지만 어렵지. 일종의 후각 같은 것이 있어야 해, 좋은 사냥개가 미세한 자취를 찾아내는 것처럼 말이야. 이해하니? 자연은 그런 것으로 가득 차 있고, 아무도 그런 현상들을 설명할 수 없어. 그런데 내가 말하는 것은, 만약 이 나방들의 암컷이 수컷만큼 흔했다면, 그들은 그 예민한 후각을 갖지 않았을 거야! 그들은 그것에 훈련되었기 때문에 그런 거야. 동물이나 인간이 자신의 모든 관심과 의지를 한 가지에 집중하면, 그들은 그것을 이룰 수 있어. 그게 전부야. 네가 말하는 것도 마찬가지야. 사람을 충분히 자세히 관찰하면, 그는 자신보다 더 많은 것을 알게 돼."

나는 '마음 읽기'라는 말을 하고 싶었고, 몇 년 전 크로머와의 장면을 상기시키고 싶었지만, 우리 둘 사이에는 이상한 일이 있었다. 우리는 결코 그때 그가 내 인생에 깊이 관여한 것에 대해 암시조차 하지 않았다. 마치 우리 사이에 아무 일도 없었던 것처럼, 혹은 서로가 그것을 잊었다고 굳게 믿고 있는 것처럼. 한두 번 우리는 길을 가다가 프란츠 크로머를 만났지만, 우리는 그에 대해 한 마디도 하지 않았다.

"하지만 의지란 무엇이지?"라고 나는 물었다.

"너는 자유의지가 없다고 말하잖아. 하지만 다시 사람이 자신의 의지를 어떤 것에 집중하면 목표를 이룰 수 있다고 말하지. 그건 맞지 않아! 내가 내 의지를 통제할 수 없다면, 내가 그것을 원하는 대로 이리저리 옮길 수도 없어."

그는 내 어깨를 두드렸다. 그것은 그가 만족스러울 때 항상 하던 행동이었다.

"질문을 아주 잘했어!" 그는 웃으며 말했다.

"항상 질문하고 의심해야 해. 하지만 이 문제는 아주 간단해. 예를 들어, 만약 나방이 자신의 의지를 별이나 다른 곳에 집중하는 건 불가능해. 그리고 나방은 그런 시도조차 하지 않지. 나방은 자신에게 의미 있고 가치 있는 것, 즉 자신이 필요로 하고 절대적으로 가져야 할 것 만을 찾지. 그래서 나방은 믿을 수 없는 일을 해내는 것이고 다른 어떤 동물도 가지지 못한 마법 같은 여섯 번째 감각을 발달시키는 거야! 우리 인간은 분명 더 넓은 범위의 관심사와 선택지를 가지고 있어. 하지만 우리도 상대적으로 좁은 범위 안에 갇혀 있고, 그 범위를 벗어날 수 없어. 예를 들어, 내가 북극에 가고 싶다고 상상하거나 상상해 볼 수는 있겠지만, 실제로 그 목표를 이루고 강하게 바랄 수 있는 경우는 내 내면이 정말 그 소원으로 가득 차 있을 때 뿐이야. 그렇게 되면, 내가 그 일을 할 수 있어. 내가 예를 들어, 지금 목사님이 앞으로 안경을 쓰지 않게 만들겠다고 결심한다면, 그건 안 될 거야. 그건 그냥 장난이지. 하지만 내가 작년 가을에 앞자리를 벗어나고 싶다고 굳게 결심했을 때는 잘 되더라고. 그때는 갑자기 알파벳 순서에서 나보다 앞서 있던 학생이 아팠고, 누군가 그 자리를 비워야 했어. 그리고 내 의지가 기회를 잡을 준비가 되어 있어서 내가 그 자리에 있게 된 거야."

"그래 맞아," 나는 말했다.

"그때 우리가 서로에게 관심을 가지기 시작한 순간부터 네가 내 옆으로 점점 더 가까워졌어. 그런데 그게 어떻게 된 거지? 처음엔 바로 내 옆에 앉지 않았잖아. 처음엔 내 앞자리 몇 번 앉았지? 그건 어떻게 된 거야?"

"그건 이렇게 된거야. 처음에 내가 앞자리를 벗어나고 싶었을 때, 나는 어디로 가야 할지 잘 몰랐어.그저 뒤로 가고 싶었지. 내 의지는 너에게 가고 있었지만, 나는 아직 그것을 깨닫지 못했어. 동시에 너의 의지도 나를 돕고 있었지. 내가 앞자리에서 너의 뒤에 앉았을 때, 나는 내가 원하는 것이 완전히 이루어지지 않았다는 것을 깨달았어. 내가 정말로 원했던 것은 너의 옆에 앉는 것이었어."

"하지만 그때는 새로운 학생이 없었잖아."

"그래, 없었어. 하지만 나는 그저 내가 원하는 대로 행동했고, 네 옆에 앉았어. 내가 자리 바꾼 학생은 놀랐지만 그냥 두었어. 목사님은 우리가 자리를 바꾼 것을 알아차리긴 했지만, 그에게는 항상 나에 대해 뭔가 신경 쓰이는 것이 있었어. 그는 내가 데미안이라는 것을 알고 있었고, 내 성씨가 D로 시작되는데, 왜 S 성씨 학생들 사이에 앉아 있는지 이해하지 못했거든. 하지만 그는 의식적으로 깨닫지 못했어, 왜냐하면 내 의지가 그를 방해하고 있었기 때문이야. 나는 항상 그를 쳐다보았고, 그는 항상 불안해했어. 만약 네가 누군가에게 무엇인가를 원할 때, 그 사람의 눈을 똑바로 바라보고, 그가 불안해하지 않는다면 포기해. 그에게서 아무것도 얻지 못할 거야.

하지만 그건 매우 드문 일이야. 내가 아는 단 한 명만 그런 사람이 있어."

"그게 누군데?" 나는 빠르게 물었다.

그는 생각에 잠긴 작은 눈으로 쳐다보았다. 그러다 시선을 돌리고 대답하지 않았다. 나는 그때 다시 물어볼 수 없었다.

하지만 나는 그가 그때 어머니에 대해 말하고 있었다고 생각한다. 그는 어머니와 매우 친밀하게 지내는 것 같았지만, 나에게 어머니에 대해 이야기한 적이 없었고, 나를 집으로 초대한 적도 없었다. 나는 그의 어머니가 어떻게 생겼는지도 거의 알지 못했다.

때때로 그를 따라 해보려는 시도를 했고, 내 의지를 어떤 것에 집중시켜 목표를 이루려고 했다. 나에게는 충분히 절실해 보이는 소원들이 있었다. 하지만 아무것도 이루어지지 않았다. 데미안에게 이 이야기를 하는 것은 내키지 않았다. 내가 원하는 것을 그에게 고백할 수 없었기 때문이다. 그리고 그는 묻지도 않았다.

그 사이 나의 종교적 믿음에는 많은 틈이 생겼다. 하지만 나는 완전히 불신을 가진 동급생들과는 달랐다. 그들 중 일부는 신을 믿는 것이 우스꽝스럽고 인간의 존엄성을 해치는 일이라며, 삼위일체와 예수의 성탄 같은 이야기는 웃기기만 하고, 아직도 그런 헛소리를 전하고 다니는 것은 수치스럽다고 말했다. 나는 결코 그렇게 생각하지 않았다. 의심이 있더라도, 나는 부모님과 같이 경건한 삶을 사는 것이 결코 부끄러운 일도, 위선적인 것도 아니라는 것을 어린 시절의 경험에서 충분히 알고 있었다. 오히려 나는 종교적인 것에 대해 깊은 존경심을 가지고 있었다. 다만, 데미안은 나에게 이야기나 신앙 교리를 더 자유롭고, 개인적이며, 유연하게 해석하고 상상하게 만드는 습관을 길러주었고 그의 해석을 항상 기꺼이 즐기며 따랐다. 물론, 카인에 관한 이야기처럼 극단적인 것들도 있었다. 한번은 종교 수업 중에, 그는 나를 더 놀라게 하는 해석을 내놓았다. 목사님이 골고다에 대해 말씀하셨다. 나는 어릴 때부터 구세주의 고난과 죽음에 관한 성경 이야기에 깊은 인상을 받았고, 때때로 어린아이로서 아버지가 고난 이야기를 읽어주신 후, 특히 신성한 금요일에는 겟세마네와 골고다에서 고통스럽고도 아름답고, 창백하고도 유령 같은, 그러나 매우 생생한 그 세계에서 깊은 감동을 받았다. 바흐의 마태수난곡을 들으며, 그 어두운 고난의 광채에 매료되어 모든 신비로운 전율을 느꼈다. 나는 여전히 이 음악과 비극적 행위에서 모든 시와 예술적 표현의 정수를 찾았다.

그 수업이 끝난 후, 데미안은 생각에 잠긴 듯 말했다.

"거기에는 뭔가 마음에 들지 않는 것이 있어, 싱클레어. 그 이야기를 다시 읽고 곰곰이 생각해봐. 뭔가 미심쩍은 부분이 있어. 바로 두 강도의 이야기야. 언덕 위에 세 개의 십자가가 나란히 서 있는 것은 멋지지. 하지만 이제 이 감상적인 이야기와 함께 회개한 강도의 이야기를 생각해봐. 처음에는 범죄자였고, 온갖 악행을 저질렀겠지, 그런데 이제 그는 눈물을 흘리며 회개하고 후회에 빠져들어. 무덤 앞에서 이런 회개가 무슨 의미가 있겠어? 이건 그저 감상적이고 정직하지 못한 이야기야, 감동을 위한 눈물과 신앙을 위한 배경이 가득한 이야기지. 오늘날 네가 두 강도 중 한 명을 친구로 선택해야 한다면, 또는 어느 쪽에 더 신뢰를 둘까 생각해보면, 분명히 이 눈물 흘리는 회개자쪽은 아닐 거야. 아니, 다른 쪽이야, 그는 당당하고 강단이 있어. 그는 회개 같은 것은 신경 쓰지 않아. 그의 입장에서는 그저 예쁜 말일 뿐이니까. 그는 자신의 길을 끝까지 가고, 마지막 순간에 자신을 도와준 악마를 비겁하게 버리지 않아. 그는 강단 있는 사람이고 성경 이야기에서는 강단 있는 사람들이 종종 저평가돼. 어쩌면 그는 카인의 후손일지도 몰라. 그렇지 않니?"

나는 매우 당황했다. 십자가 처형의 이야기 속에서 나는 완전히 친숙해져 있다고 생각했지만, 그동안 얼마나 상상력과 창의력이 부족했었는지 이제서야 그 이야기를 듣고 알게 되었다. 그럼에도 불구하고 데미안의 새로운 생각은 나에게 치명적으로 다가왔고, 내가 유지해야 한다고 믿었던 개념들이

송두리째 흔들렸다. 아니, 이렇게 모든 것과 모든 사람을 다루는 것은 불가능했다, 특히 가장 신성한 것까지도... 그는 내가 어떤 말을 하기 전에 이미 내 생각을 알아차린 것 같았다.

"알겠어," 그가 체념한 듯이 말했다.

"늘 그렇듯이 진지하게 받아들이지 않는군. 하지만 한 가지 말해줄게. 여기 이 점에서 이 종교의 부족함을 아주 명확하게 볼 수 있어. 이 모든 신, 구약의 하나님이 훌륭한 존재라는 것은 맞아, 하지만 그가 실제로 상징해야 하는 것을 나타내지는 못해. 그는 선하고, 고귀하고, 아버지 같고, 아름답고 고상하고, 감상적이야. 맞아! 하지만 세상은 다른 것들로도 이루어져 있어. 그리고 그 모든 다른 것들은 단순히 악마에게 돌려지고, 이 모든 세계의 절반은 무시되며 침묵 속에 묻혀 있어. 생명의 아버지로서의 하나님을 찬양하면서도, 생명의 근간인 성생활을 단순히 침묵하고 가능한 한 악마의 일로 여기고 죄악시하는 것과 같아! 나는 여호와 하나님을 숭배하는 것에 전혀 반대하지 않아 하지만 나는 우리가 모든 것을 숭배하고 신성하게 여겨야 한다고 생각해, 온 세상을, 단지 이 인위적으로 분리된, 공식적인 절반만이 아니라! 그래서 우리는 신을 섬기는 것 외에도 악마를 섬기는 예배도 가져야 해. 그게 옳다고 생각해. 또는 악마를 포함하는 신을 만들어야 해, 그래야 우리가 세상의 가장 자연스러운 일들이 일어날 때 눈을 감지 않아도 되겠지."

그는 그의 성격과는 달리 거의 격렬해졌지만, 곧 다시 미소를 지으며 더 이상 나를 몰아붙이지 않았다.

그러나 그의 말은 내 어린 시절 내내 내가 안고 있던 수수께끼를 찔렀다. 데미안이 하나님과 악마, 신성하고 공식적인 세계와 침묵 속에 묻힌 악마의 세계에 대해 한 말은 바로 나의 생각, 나의 신화였다. 빛과 어둠의 두 세계나 세계의 절반에 대한 생각. 나의 문제는 모든 인간의 문제이며, 모든 삶과 생각의 문제라는 깨달음이 갑자기 신성한 그림자처럼 나를 스쳤고, 나의 가장 깊고 개인적인 삶과 사고가 거대한 아이디어의 흐름에 참여하고 있음을 보았을 때 두려움과 경외감이 밀려왔다. 그 깨달음은 기쁘지 않았지만, 어떤 면에서는 확인할 수 있었고 감사한 일이었다. 그것은 단단하고 거칠게 느껴졌고, 책임감, 더 이상 어린아이가 될 수 없다는 것, 혼자 서 있어야 한다는 느낌을 주었다.

나는 처음으로 내 인생의 깊은 비밀을 드러내며, 어릴 적부터 가지고 있던 '두 세계'에 대한 나의 생각을 그에게 이야기했다. 그는 즉시 내가 느끼는 깊은 감정이 그와 일치함을 알아차렸다. 그러나 그는 그런 것을 이용하는 사람이 아니었다. 그는 내가 그에게 준 것보다 더 깊은 관심으로 내 말을 들어주었고, 내가 시선을 돌릴 때까지 내 눈을 들여다보았다. 그의 눈에는 다시 그 이상하고 동물적인 시간 초월성이 있었다.

"다음에 더 이야기하자," 그가 조심스럽게 말했다.

"네가 말할 수 있는 것보다 더 많은 생각을 하고 있다는 것을 알아. 그렇다면, 네가 생각하는 것을 한 번도 완전히 살아본 적이 없다는 것도 알 거야. 그리고 그건 좋지 않아. 우리가 살아가는 생각만이 가치를 가져. 너는 네 '허용된 세계'가 세상의 절반일 뿐이라는 것을 알고 있었고, 목사와 교사들이 하는 것처럼 나머지 절반을 무시하려고 했어. 그건 성공하지 못할 거야! 한 번 생각하기 시작하면 누구도 성공하지 못해."

그의 말은 나에게 깊이 와 닿았다.

"하지만," 거의 소리치며 말했다.

"실제로 존재하는 금지되고 추악한 것들이 있잖아, 그건 부정할 수 없어! 그런 것들은 금지되어 있고, 우리는 그것들을 포기해야 해. 살인과 온갖 악행이 있다는 걸 알아, 하지만 그렇다고 해서 내가 가서 범죄자가 되어야 한단 말이야?"

"오늘은 이 문제를 다 해결하지 못할 거야,"

막스가 달래듯이 말했다.

"당연히 사람을 죽이거나 여자에게 폭력을 가해서는 안돼. 하지만 너는 '허용된 것'과 '금지된 것'이 실제로 무엇을 의미하는지 아직 알지 못해. 너는 진리의 일부분만 느꼈어. 나머지는 나중에 올 거야, 믿어봐! 예를 들어, 지금 너는 약 1

년 전부터 네 안에 있는 충동을 느끼고 있어, 그것은 다른 모든 것보다 강력해. 그리고 그것은 '금지된 것'으로 간주되고 있어. 그리스인들과 많은 다른 민족들은 이 충동을 신으로 삼고 큰 축제로 경배했어. 그러니까 '금지된 것'은 영원한 것이 아니야, 변할 수 있어. 오늘날에도 누구나 목사님에게 가서 결혼식만 올리면 여인과 함께 잘 수 있어. 다른 민족들 사이에서는 지금도 다르게 여겨져. 그래서 우리 각자는 스스로 무엇이 허용되고 무엇이 금지된 것인지 찾아야 해. 사람은 결코 금지된 일을 하지 않고도 큰 악당이 될 수 있어. 반대로도 마찬가지야. 결국, 이것은 단지 편안함의 문제일 뿐이야! 스스로 생각하고 스스로 판단하기를 너무 귀찮아하는 사람은 기존의 금지사항에 따르게 돼. 그게 더 쉬운 길이야. 다른 사람들은 자신 안에 명령을 느끼고, 다른 모든 사람이 매일 하는 일이 금지된 것이 되기도 하고 일반적으로 금지된 일들이 허용된 것이 되기도 해. 각자는 자신만의 길을 찾아야 해."

그는 갑자기 너무 많이 말한 것을 후회하는 것처럼 보였고, 말을 멈췄다. 이미 그 당시 나는 그의 감정을 어느 정도 이해할 수 있었다. 그는 평소에 매우 즐겁고 겉으로는 쉽게 말을 꺼내는 것처럼 보였지만, 단순히 '말을 위한 대화'를 몹시 싫어했다. 그러나 나와의 대화에서는 진정한 관심 외에도 지나치게 논리적으로 말하는 것을 즐긴다고 느꼈다. 간단히 말해,

완벽한 진지함이 부족했다.

내가 마지막으로 쓴 단어, '완벽한 진지함'을 다시 읽으며, 나는 갑자기 그 시절, 막스 데미안과 함께한 가장 강렬한 장면을 떠올리게 되었다.

우리의 입교식이 다가왔고, 마지막 종교 수업은 성찬식에 관한 것이었다. 목사님은 이 수업에 중요성을 두었고, 어느 정도의 경건한 분위기도 느껴졌다. 하지만 바로 이 마지막 몇 번의 수업 동안, 내 생각은 다른 데 가 있었다. 바로 내 친구 데미안의 존재에 관한 것이었다. 나는 입교식을 교회 공동체에 정식으로 받아들여지는 엄숙한 행사로 생각했지만, 나에게 이 반 년 간의 종교 수업의 가치는 배운 내용이 아니라 데미안과의 가까움과 그의 영향력에 있다는 생각이 떠오르지 않을 수 없었다. 나는 이제 교회가 아닌 다른 어떤 것, 즉 생각과 인격을 갖춘 일종의 비밀 집단 같은 곳에 받아들여질 준비가 되었다고 느꼈다. 그리고 그 집단의 대표나 사절로 내 친구를 떠올렸다.

나는 이런 생각을 억누르고 싶었는데 입교식을 어느 정도 존엄하게 경험하고 싶었기 때문이었다. 하지만 아무리 애써도 그 생각은 사라지지 않았고, 점차 다가오는 교회 행사의 의미와 연결되었다. 나는 다른 사람들과 다르게 이 행사를 기념할 준비가 되었고, 이것이 내가 데미안에게서 배운 생각의 세계로의 입문이길 바랐다.

그 당시 나는 그와 다시 한번 열띤 논쟁을 벌였다. 그것은 바로 한 수업 시간 직전이었는데 내 친구는 마음을 닫고 있었고, 내 말이 다소 조숙하고 거만하게 들렸던 것 같았다.

"우리는 말을 너무 많이 해,"

그가 생소하게 진지한 태도로 말했다.

"지혜로운 말은 아무 가치도 없어, 전혀. 그건 단지 자기를 멀리하게 할 뿐이야. 자신에게서 멀어지는 것은 죄야. 사람은 거북이처럼 자기 안으로 완전히 숨을 수 있어야 해."

곧이어 우리는 교실로 들어갔다. 수업이 시작되었고, 나는 집중하려고 노력했으며 데미안은 나를 방해하지 않았다. 잠시 후, 그가 앉아 있는 쪽에서 이상한 느낌이 들기 시작했다. 마치 그 자리가 갑자기 비어 있는 것처럼, 빈 공간이나 차가운 기운 같은 것이 느껴졌다. 그 느낌이 점점 나를 압박하기 시작하자, 나는 몸을 돌려 그를 바라보았다.

내 친구가 앉아 있는 모습을 보았다. 평소처럼 바른 자세로 앉아 있었지만, 그는 평소와는 전혀 다르게 보였다. 무언가 그에게서 뿜어져 나오고 있었고, 나는 그것을 알지 못했다. 나는 그가 눈을 감고 있다고 생각했지만, 그는 눈을 뜨고 있었다. 그러나 그 눈은 아무것도 보지 않는 듯했고 멀리 내면이나 먼 곳을 응시하고 있었다. 그는 완전히 움직이지 않았

고, 숨을 쉬지도 않는 것처럼 보였다. 그의 입은 마치 나무나 돌로 조각된 것 같았다. 그의 얼굴은 창백하고 균일한 형태로 하얗게 변해 있었으며, 갈색 머리카락이 가장 생동감 있게 보였다. 그의 손은 늘어져 있었고, 마치 물체같은 돌이나 과일처럼 창백하고 움직이지 않았다. 그러나 그것들은 축 늘어진 것이 아니라, 숨겨진 강한 생명을 감싸고 있는 단단하고 좋은 껍질처럼 보였다.

　그 광경을 보며 나는 몸이 떨렸다. 그는 죽었다! 나는 거의 소리칠 뻔했다. 하지만 곧 나는 그가 죽지 않았다는 것을 알게 되었다. 나는 그의 얼굴, 그 창백한 돌 같은 가면을 응시하며 느꼈다. 저것이 진짜 데미안이다! 평소에 나와 함께 걸으며 이야기하던 모습은 단지 반쪽짜리 데미안이었고, 때때로 역할을 연기하며, 다른 사람들에게 맞추고, 호의를 베푸는 모습이었다. 진짜 데미안은 저런 모습이었다. 저렇게 돌처럼, 고대의 존재처럼, 동물처럼, 돌처럼, 아름답지만 차가운, 죽은 듯하지만 놀라운 생명으로 가득 찬 모습이었다. 그리고 그 주위에 있는 이 고요한 허공, 이 에테르와 별들의 공간, 이 고독한 죽음!

　'이제 그는 완전히 자기 안으로 들어갔어.' 나는 몸서리치며 느꼈다. 나는 한 번도 이렇게 고립된 적이 없었다. 나는 그에게 다가갈 수 없었고 그는 나에게 닿을 수 없는 존재가 되어 있었다. 그는 세상에서 가장 먼 섬에 있는 것보다 더 멀리 떨어져 있었다.

나는 거의 이해할 수 없었다. 왜 아무도 나 외에는 이것을 보지 못하는가? 모두가 이 광경을 봐야 했고 모두가 전율해야 했다! 하지만 아무도 그에게 주목하지 않았다. 그는 그림처럼, 내가 생각하기에는 동상처럼 기이하게 경직된 자세로 앉아 있었다. 파리 한 마리가 그의 이마에 앉았고, 코와 입술을 천천히 지나갔다. 하지만 그는 조금도 움직이지 않았다.

그는 지금 어디에 있는 것일까? 무슨 생각을 하고, 무슨 느낌을 받는 것일까? 그는 천국에 있는가, 지옥에 있는가?

나는 그에게 그것을 물어볼 수 없었다. 수업이 끝나고 그가 다시 살아 숨쉬는 것을 보았을 때, 그의 눈길이 나와 마주쳤을 때, 그는 예전과 같았다. 그는 어디에서 온 것일까? 그는 어디에 있었을까? 그는 피곤해 보였다. 그의 얼굴에는 다시 색이 돌아왔고, 그의 손도 다시 움직였지만, 갈색 머리카락은 이제 빛을 잃고 피곤해 보였다.

며칠 뒤, 나는 내 방에서 새로운 연습을 시도해 보았다. 나는 의자에 똑바로 앉아 눈을 크게 뜨고, 완전히 움직이지 않으며, 얼마나 오래 견딜 수 있는지 그리고 그 동안 무엇을 느낄 수 있는지 기다렸다. 그러나 나는 그저 피곤해졌고 눈꺼풀이 심하게 가려워졌다.

얼마 지나지 않아 입교식이 있었지만, 그에 대한 중요한 기억은 남아 있지 않았다.

모든 것이 변했다. 내 주위의 어린 시절이 산산이 부서졌다. 부모님은 약간의 당혹스러운 표정으로 나를 바라보았다. 누나들은 나에게 완전히 낯선 존재가 되었다. 환멸이 나의 익숙한 감정과 기쁨을 왜곡하고 퇴색시켰다. 정원은 향기를 잃었고, 숲은 더 이상 매력이 없었다. 세상은 나에게 오래된 물건들의 바겐세일처럼 보였고, 싱거웠으며 매력도 없었다. 책은 종이에 불과했고, 음악은 소음에 지나지 않았다. 가을 나무 주위에 잎이 떨어지는 것처럼, 나무는 그것을 느끼지 못하고 비가 내리든, 해가 나든, 서리가 내리든 상관없이, 그 속의 생명은 천천히 가장 깊숙한 곳으로 물러간다. 나무는 죽지 않는다. 그저 기다릴 뿐이다.

방학이 끝난 후, 나는 다른 학교로 가고 처음으로 집을 떠나기로 결정되었다. 가끔 어머니는 특별히 애정 어린 모습으로 다가와 미리 작별을 고하며, 내 마음속에 사랑과 향수를 심어주려고 애썼다. 데미안은 여행을 떠났다. 나는 혼자였다.

네 번째 장

베아트리체

네 번째 장

베아트리체

친구를 다시 보지 못한 채, 나는 방학이 끝나고 세인트에 도착했다. 부모님 두 분 모두 함께 오셔서, 나를 학교 교사의 보호 아래 있는 소년 기숙사에 맡기셨다. 만약 부모님이 내가 어떤 일에 휘말리게 될지 미리 알았다면, 그들은 공포에 질렸을 것이다.

여전히 의문이 남아있었다. 시간이 지나면서 내가 좋은 아들이자 쓸모 있는 시민이 될 수 있을지, 아니면 나의 본성이 다른 길을 강요할지. 아버지의 집과 영혼의 그늘에서 행복해지려는 나의 마지막 시도는 오랫동안 지속되었고, 때로는 거의 성공한 듯 보였지만 결국에는 완전히 실패로 끝났다.

내가 첫 번째로 느꼈던 이상한 공허함과 외로움(이 공허함과 희박한 공기를 나는 후에 얼마나 많이 경험하게 될지!)은 그렇게 빨리 지나가지 않았다. 고향을 떠나는 일은 아무렇지도 않았고 이상할 정도로 쉬웠다. 나는 더 이상 슬퍼하지 않는 내 자신이 부끄러웠고 누나들은 이유 없이 울었지만, 나는 울지 않았다. 나는 내 자신에 놀랐다. 나는 항상 감정이 풍부한 아이였고, 근본적으로 꽤 착한 아이였다. 이제 나는 완전히 변해 있었다. 나는 외부 세계에 대해 완전히 무관심하게 행동했고, 며칠 동안은 금지된 어두운 흐름이 내 안에서 지하수처럼 흐르는 소리를 들으며 내면을 탐구하는 일에만 몰두했다. 나는 지난 반년 동안 매우 빨리 자라나서 키가 크고 말랐으며 미완성된 것처럼 세상을 바라보았다. 소년의 사랑스러움은 완전히 사라졌다. 나는 나 자신을 사랑할 수 없다는 것을 느꼈고, 스스로도 나를 사랑하지 않았다. 막스 데미안을 향한 그리움이 종종 있긴 했지만, 때로는 그를 미워하기도 했고, 내 삶의 빈곤함에 대해 그에게 책임을 돌리기도 했다. 그 빈곤함은 마치 흉한 병처럼 나를 집어삼켰다.

우리 기숙사에서는 처음에 누구도 나를 좋아하지도 존경하지도 않았다. 사람들은 나를 놀리다가 결국 나를 피하고, 나를 비굴한 사람이나 불쾌한 괴짜로 여겼다. 나는 그 역할이 마음에 들었고, 그것을 과장하여 내 외로움을 남성적인 세상 경멸로 보이게 만들었다. 하지만 속으로는 자주 불타는 그리움과 절망의 발작에 시달렸다. 학교에서는 집에서 얻은 지식을 바탕으로 생활했는데, 새로운 반은 이전보다 수준이 낮은 것 같았다. 나는 동년배 친구들을 어린아이처럼 여기며 경멸하는 버릇을 들였다.

이런 식으로 1년 이상이 흘러갔다. 첫 번째 방학 때 집을 방문해도 새로운 감흥은 없었다. 나는 다시 돌아가는 것을 기쁘게 생각했다.

11월 초였다. 나는 어떤 날씨에도 짧은 사색의 산책을 하는 습관을 들였고, 종종 멜랑콜리, 세상에 대한 경멸과 자기 경멸로 가득 찬 일종의 희열을 느꼈다. 어느 저녁, 나는 습하고 안개 낀 어스름 속에서 도시 주변을 배회했다. 공원 안의 넓은 가로수길은 완전히 비어 있었고, 나는 길 끝에서 망설이며 서서 검은 잎을 응시하고, 썩어가는 냄새를 탐욕스럽게 들이마셨는데 내 안의 어떤 것들은 그것을 반기고 있었다. 아, 인생이 얼마나 단조로운지!

길가에서 펄럭이는 외투를 입은 사람이 다가왔다. 나는 그냥 지나가려 했으나 그가 나를 불렀다.

"안녕, 싱클레어!"

그가 다가왔다. 그는 우리 기숙사에서 가장 나이가 많은 알폰스 베크였다. 나는 그를 좋아했지만, 그가 늘 나와 다른 어린 친구들을 아이러니하게, 삼촌처럼 대하는 것이 유일한 불만이었다. 그는 엄청나게 강하다고 소문났고, 우리 기숙사의 주인을 제압한다고 했으며, 많은 소문 속의 영웅이었다.

"여기서 뭐해?" 그는 친근하게, 큰 친구들이 가끔 우리 중 하나에게 다가갈 때 사용하는 톤으로 외쳤다.

"내기할까? 넌 시를 쓰고 있겠지?"

"아니야." 나는 퉁명스럽게 대답했다.

그가 웃음을 터뜨리고 내 옆에서 걸으며 이야기를 나누기 시작했는데, 나는 그런 것에 익숙하지 않았다.

"싱클레어, 내가 이해하지 못할 거라고 걱정하지 마. 저녁 안개 속에서 가을의 생각에 잠기며 걷는 건 뭔가 있어. 시를 쓰기 딱 좋은 시간이야, 알아. 죽어가는 자연에 대한 것, 당연하지, 그리고 그것과 비슷한 잃어버린 청춘에 대한 것. 하인리히 하이네를 봐봐."

"나는 그렇게 감상적이지 않아." 나는 반박하듯 말했다.

"그래, 알았어! 하지만 이 날씨에는 조용한 곳을 찾아서 와인 한 잔을 마시는 게 좋을 것 같아. 잠깐 같이 갈래? 나 혼자야. 혹시 가기 싫어? 내가 너를 유혹하는 사람 되기 싫거든, 네가 모범생이라면 말이야."

곧 우리는 작은 교외 술집에 앉아 의심스러운 와인을 마시고 두꺼운 유리잔을 부딪쳤다. 처음에는 별로 마음에 들지 않았지만, 그래도 새로운 경험이었다. 그러나 와인에 익숙하지 않았던 나는 매우 말이 많아졌다. 마치 내 안의 창문이 열려 세상이 들어오는 듯했다. 얼마나 오랫동안, 얼마나 끔찍하게 오랫동안 나는 내 마음을 털어놓지 않았던가! 나는 공상에 빠졌고, 중간에 카인과 아벨 이야기를 꺼냈다.

베크는 즐겁게 내 이야기를 들어주었다. 드디어 나도 누군가에게 무언가를 줄 수 있었다! 그는 내 어깨를 두드리며 나를 악동이라고 부르고, 천재적인 녀석이라고 칭찬했다. 나는 기쁨에 가슴이 부풀어 올랐고, 억눌렸던 말과 소통의 욕구를 쏟아냈으며, 나이 많은 사람에게 가치를 인정받는 느낌이었다. 그가 나를 천재적인 녀석이라고 부를 때, 그 말은 달콤하고 강렬한 와인처럼 내 영혼에 스며들었다. 세상은 새로운 색깔로 불타오르고, 생각들은 백 가지 대담한 근원에서 흘러나왔으며, 내 안에서 정신과 열정이 타올랐다. 우리는 선생님과 동료들에 대해 이야기했고, 우리는 서로를 훌륭하게 이해하는 것처럼 보였다. 우리는 그리스인들과 이교도에 대해 이야기했고, 베크는 나에게 사랑의 모험에 대해 고백해 보라고 했다. 그 부분에 대해서는 나는 할 말이 없었다. 나는 경험한 것이 없었고, 이야기할 것도 없었다. 내가 느끼고, 구성하고, 상상했던 것은 내 안에 불타오르고 있었지만, 와인을 마셔도 풀리지 않고 말로 전할 수도 없었다.

베크는 여자들에 대해 훨씬 더 많은 것을 알고 있었고, 나는 그의 이야기들을 열정적으로 들었다. 나는 믿을 수 없는 이야기들을 듣고, 한 번도 가능하다고 생각하지 못했던 것들이 평범한 현실로 다가왔다. 알폰스 베크는 그의 아마도 열여덟 살의 나이에 이미 경험을 쌓았다. 여자들에 대해서는 그녀들이 그저 예쁘게 꾸미고 매력을 갖기 원할 뿐이라며, 그것이 꽤 좋지만 진짜는 아니라고 했다. 여성들과의 관계에서 더 많은 성공을 기대할 수 있다고 말했다. 예를 들어, 학용품 가게를 운영하는 야겔트 부인은 대화하기 좋고, 그녀의 가게 뒤에서 일어난 일들은 책에 담을 수 없다고 했다.

나는 어리둥절 했지만 깊이 매혹되었다. 물론, 나는 야겔트 부인을 사랑할 수는 없었겠지만... 그래도, 그것은 놀라웠다. 적어도 나이 든 사람들에게는 상상도 못했던 세계가 펼쳐지는 것 같았다. 거기에는 약간의 거짓된 느낌이 있었고, 모든 것이 내 생각 속의 사랑보다 더 평범하고 일상적으로 느껴졌다. 그래도 그것은 현실이었고, 삶과 모험이었다. 내 옆에 앉아 있는 사람은 그것을 경험했고, 그에게는 그것이 당연한 것이었다.

우리의 대화는 다소 낮은 수준으로 내려갔고, 약간의 매력을 잃었다. 나는 더 이상 천재적인 작은 녀석이 아니라, 이제는 한 남자의 이야기를 듣는 소년에 불과했다. 하지만 그것도 몇 달 동안 내 삶이었던 것에 비하면 이것은 매우 훌륭했고 마치 천국 같았다. 게다가 나는 점차 느끼기 시작했는데 술집에 앉아 있는 것부터 우리가 이야기하는 모든 것까지 이것은 금지된 것이었고, 매우 금지된 것이었다. 어쨌든 나는 지성과 혁명의 맛을 느꼈다.

　나는 그 날 밤을 매우 선명하게 기억한다. 우리가 어두운 가스등 아래를 지나 집으로 돌아가는 길에, 나는 처음으로 술에 취해 있었다. 그것은 아름답지 않았고, 매우 고통스러웠지만, 그럼에도 불구하고 뭔가 매력이 있었다. 그것은 반항과 향락, 생명과 정신의 발로였다. 베크는 나를 돕기 위해 용감하게 나섰고, 비록 그가 나를 초보자라고 놀렸지만, 그는 나를 반쯤 들어 올려 집까지 데려가 열린 현관 창문을 통해 나와 자신을 몰래 들여보내는 데 성공했다.

　그러나 짧은 무의식 상태에서 고통스럽게 깨어난 후, 나는 엄청난 슬픔에 휩싸였다. 나는 침대에 앉아 있었고, 아직도 셔츠를 입고 있었다. 내 옷과 신발은 바닥에 널브러져 있었고, 담배와 구토 냄새가 났다. 두통과 메스꺼움, 그리고 극도의 갈증 속에서 나는 오랫동안 보지 못했던 한 장면이 떠올랐다. 나는 고향과 부모님의 집, 아버지와 어머니, 누나들과 정원을 보았다. 나는 고요한 고향의 침실, 학교와 시장 광장, 데미안과의 교리 공부 시간들을 보았다. 이 모든 것이 빛나고 있었고, 찬란하고 경이로웠으며, 신성하고 순수했다. 그리고 이 모든 것들이, 이제야 알겠지만, 불과 어제까지만 해도, 몇 시간 전까지만 해도, 내 것이었고, 나를 기다리고 있었다. 그러나 지금, 바로 이 순간부터, 사라지고 저주받아 더 이상 내 것이 아니었고, 나를 거부하고, 혐오스러운 눈길로 나를 바라보고 있었다! 부모님이 내게 주었던 모든 사랑과 친밀함, 어린 시절의 황금 같은 정원에서부터 받았던 모든 키스와 크리스마스, 경건하고 밝은 일요일 아침, 정원의 모든 꽃, 이 모든 것들이 파괴되었다. 나는 이 모든 것을 짓밟았다! 만약 지금 경찰이 와서 나를 묶어 불순자와 성전 모독자로서 교수대로 끌고 갔다면, 나는 기꺼이 갔을 것이고, 그것이 옳고 마땅하다고 생각했을 것이다.

이것이 내 내면의 모습이었다! 세상을 멸시하며 돌아다녔던 나! 정신적으로 자랑스러웠고, 데미안의 생각을 따라갔던 나! 이것이 나의 모습이었다. 하지만 지금의 나는 하찮고 추잡하며 술에 취해 더럽혀진 역겨운 야수같았다. 혐오스러운 충동에 압도된 추한 짐승이었다! 바흐의 음악과 아름다운 시를 사랑했던 내가, 정원의 모든 것이 순수하고 찬란하고 사랑스러웠던 곳에서 온 내가, 결국은 이런 모습이었다! 나는 내 자신의 취한 웃음소리, 통제되지 않고 갑자기 터져 나오는 우스꽝스러운 웃음소리를 듣고 역겨움과 분노를 느꼈다. 이것이 바로 나였다!

그럼에도 불구하고 이 고통을 겪는 것은 즐거움이었다.

너무 오랫동안 나는 눈이 멀어 둔감하게 기어 다녔고, 너무 오랫동안 내 마음은 침묵했으며 구석에서 메말라 있었다. 그래서 이 자기비난과 공포, 모든 끔찍한 느낌은 모두 환영받을 만한 것이었다. 이것은 감정이었다. 불꽃이 타올랐으며 마음이 떨려왔다. 나는 혼란과 고통 속에서도 해방감과 봄기운을 느꼈다.

나는 빠르게 내리막길을 걷고 있었다. 첫 번째 술취함은 곧 더 이상 처음이 아니었다. 학교에서는 술집에 가고 무절제한 행동이 많아졌고, 나는 그들 중 가장 어린 사람 중 하나였지만, 더 이상 나는 소외된 작은 존재가 아니라, 리더이자 스타, 대담한 술집 방문자로서 유명해지기 시작했다. 나는 다시 한 번 어둠의 세계, 악마의 세계에 속했고, 그 세계에서 나는 멋진 녀석으로 통했다.

하지만 내 마음은 비참했다. 나는 자기파괴적인 향락 속에서 살았고, 친구들 사이에서는 리더와 대담한 인물로 여겨졌지만, 내 깊은 내면에는 두려움에 가득 찬 영혼이 두려움에 떨고 있었다. 한 번은 술집을 나서다가, 일요일 아침 길거리에서 밝고 즐겁게 놀고 있는 아이들을 보고 눈물을 흘린 적이 있었다. 그리고 나는 더러운 술집 테이블 사이에서 친구들을 웃기고 종종 충격을 주는 엽기적인 농담을 하면서, 내 마음속 깊은 곳에서는 내가 조롱했던 모든 것에 대해 경외심을 가지

고 있었고, 내 과거와 어머니, 신 앞에서 내적으로 무릎을 꿇고 있었다.

내가 동료들과 하나 되지 못하고 그들 사이에서 외로움을 느끼며 그렇게 고통받을 수밖에 없었던 데에는 분명한 이유가 있었다. 나는 가장 거친 사람들의 마음에 드는 술집 영웅이자 비웃는 자였다. 나는 교사, 학교, 부모, 교회에 대해 생각과 말로 용기와 지성을 보였고, 때때로 외설적인 농담도 견뎌냈으며 직접 그런 농담을 던지기도 했다. 하지만 동료들이 여자들에게 다가갈 때 나는 결코 함께하지 않았고, 혼자였으며 사랑에 대한 뜨거운 갈망, 희망 없는 갈망으로 가득 차 있었다. 나의 말대로라면 냉소적인 쾌락주의자가 되어야 했지만, 나는 그 누구보다도 상처받기 쉽고 수줍음이 많았다. 젊은 소녀들이 내 앞을 지나갈 때마다 그녀들은 너무나도 깨끗하고 순수한 꿈처럼 보였으며, 천 번, 만 번 과분하고 순수한 존재였다. 어느 순간부터는 알폰스 베크가 그 여자에 대해 말한 것들이 떠올라 그녀를 쳐다보면 얼굴이 붉어졌기 때문에, 더 이상 야겔트 부인의 문방구에도 갈 수 없게 되었다.

새로운 사회에서 끊임없이 외롭고 다름을 느낄수록, 나는 더욱 더 그들과 떨어질 수 없었다. 사실 나는 술 마시고 허세 부리는 것이 진정으로 즐거웠는지는 기억나지 않는다. 술에 적응하지 못해 매번 고통스러운 결과를 경험했고 모든 것은 마치 강제적인 것처럼 느껴졌다. 나는 해야 할 일을 했고, 그렇게 하지 않으면 무엇을 해야 할지 전혀 알 수 없었다. 나는 긴 시간 동안 혼자 있는 것이 두려웠고, 항상 부드럽고 수줍고 친밀한 감정들에 빠져들기 쉬웠기 때문에 그런 생각들이 무서웠다. 나에게 가장 부족했던 것은 친구였다. 나는 두세 명의 동급생을 아주 좋아했지만, 그들은 모범생이었고 내 악행은 더 이상 누구에게도 비밀이 아니었다. 그들은 나를 피했다. 나는 모두에게 희망 없는 도박꾼으로 여겨졌고, 발 밑의 땅이 흔들리는 사람으로 간주되었다. 교사들은 나에 대해 많은 것을 알고 있었고, 여러 번 엄하게 처벌받았으며, 결국 학교에서 쫓겨날 신세라는 걸 알고 있었다. 나도 그것을 알고 있었고, 오랫동안 좋은 학생이 아니었기 때문에 간신히 버티며 그 상황이 오래가지 않을 것임을 느꼈다.

신이 우리를 외롭게 만들고 우리 자신에게 이르게 하는 많은 길이 있다. 그 시기에 신은 나를 이렇게 인도했다. 그것은 마치 끔찍한 꿈 같았다. 더럽고 끈적끈적한 길 위에서, 깨진 맥주잔들과 함께, 냉소적인 대화로 가득 찬 밤들을 지나 나는 붙잡힌 몽상가처럼 쉬지 않고 고통 속에서 기어갔다. 지저분하고 추한 길이었다. 공주에게 가는 길에서 오물 웅덩이와 악취와 쓰레기로 가득한 뒷골목에 갇히는 꿈과 같았다. 그렇게 나는 갔다. 이렇게 덜 세련된 방식으로 나는 외로움을 겪었고, 나와 어린 시절 사이에 자비 없이 빛나는 문지기가 있는 닫힌 문을 세우게 되었다. 그것은 시작이었고, 나 자신에 대한 그리움이 깨어나는 순간이었다.

처음으로, 기숙사의 주인으로부터 받은 경고 편지를 통해 아버지가 갑작스럽게 나를 만나러 왔을 때, 나는 충격을 받았고 몸이 떨렸다. 겨울이 끝나갈 무렵 아버지가 두 번째로 찾아왔을 때, 나는 이미 단단해졌고 무관심해져 있었다. 나는 그가 꾸짖는 대로, 애원하는 대로, 어머니를 떠올리게 하는 대로 두었다. 그는 마지막에 매우 화가 나서, 내가 변하지 않으면 학교에서 내보내고 교정시설에 보내겠다고 했다. 그 순간 나는 '마음대로 하세요'라고 생각했다. 그가 떠났을 때, 나는 안타까웠지만, 아무런 성과도 없었고 특별히 와닿지도 않았다. 순간적으로 나는 그가 그렇게 되는 것이 당연하다고 느꼈다. 내가 어떻게 될지는 아무 상관없었다. 술집에 앉아 떠벌리는 내 이상한, 아름답지 않은 방식으로 나는 세상과 싸우고 있었다. 이것이 내가 항의하는 방식이었다. 나는 스스로를 망가뜨렸고, 때로는 이렇게 생각했다.

'세상이 나 같은 사람을 필요로 하지 않거나 더 나은 자리, 더 높은 과제를 주지 않는다면, 나 같은 사람은 그냥 망가지게 되는 것이다. 세상이 그 손해를 감수하면 되는 것이다.'

그 해의 크리스마스 방학은 정말 불쾌했다. 어머니는 나를

다시 보았을 때 충격을 받았다. 나는 더 키가 컸으며, 내 여윈 얼굴은 창백하고 황폐해 보였고 처진 얼굴선과 염증이 생긴 눈가가 있었다. 이제 막 자라기 시작한 콧수염과 내가 최근에 쓰기 시작한 안경은 나를 그녀에게 더 낯설게 보이게 했다. 누나들은 물러나며 낄낄거렸다. 모든 것이 불쾌했다. 아버지 서재에서의 대화도, 몇 안 되는 친척들과의 만남도, 무엇보다 크리스마스 이브가 더 불쾌했다. 그 날은 내가 태어난 이래 우리 집에서 가장 중요한 날이었다. 그것은 축제와 사랑, 감사의 밤이었고, 부모님과 나 사이의 유대가 새로워지는 밤이었다. 하지만 이번에는 모든 것이 그냥 답답하고 어색하기만 했다. 아버지는 여전히 목자들이 들판에서 양 떼를 지키는 성경구절들을 읽으셨고, 누나들은 그들의 선물 탁자 앞에서 여전히 빛나고 있었다. 하지만 아버지의 목소리는 기쁘지 않았고 그의 얼굴은 늙고 답답해 보였다. 어머니는 슬퍼 보였고, 나는 모든 것이 똑같이 불편하고 어색했다. 선물과 축하 인사, 성경과 불빛이 있는 나무, 모든 것이 싫었다. 생강빵은 달콤한 냄새를 풍기며 더 달콤한 추억의 짙은 구름을 내뿜었다. 크리스마스 트리는 향기로 가득 차 있었고 더 이상 존재하지 않는 것들을 이야기해주었다. 나는 그 밤과 휴일이 빨리 끝나기를 갈망했다.

그 겨울 내내 상황은 계속 나빴다. 얼마 전, 나는 교사 위원

회로부터 강력히 경고받고 퇴학 위협을 받았다. 오래가지 않을 것이다. 그래, 그러거나 말거나.

나는 막스 데미안에 대해 특별한 분노를 느꼈다. 한동안 그를 전혀 보지 못했다. 학생 시절 처음 두 번 그에게 편지를 썼지만, 답장을 받지 못했다. 그래서 방학 동안에도 그를 방문하지 않았다.

그 공원에서, 가을에 알폰스 베크와 만났던 바로 그 공원에서, 봄이 시작될 무렵 가시덤불들이 녹색으로 변하기 시작할 때, 한 소녀가 내 눈길을 끌었다. 나는 혼자 산책을 하고 있었고, 불쾌한 생각들과 걱정으로 가득 차 있었다. 내 건강은 나빠졌고, 항상 돈 문제에 시달렸으며, 친구들에게 빚을 지고 있었고, 집에서 돈을 더 받기 위해 필요하지도 않은 지출을 만들어내야 했다. 나는 여러 가게에 시가와 같은 물품들의 외상값이 쌓여 있었다. 이런 걱정들이 깊게 파고들지는 않았지만, 내 존재가 곧 끝날 것 같았고, 물에 빠지거나 교정시설에 보내질 것 같았기에 이 몇 가지 사소한 문제들은 별로 중요하지 않았다. 그러나 나는 늘 이런 불쾌한 일들과 마주하며 살았고, 그로 인해 고통을 겪었다.

어느 봄날, 공원에서 만난 그 소녀는 나에게 큰 인상을 주었다. 그녀는 키가 크고 날씬하며, 세련되게 옷을 입었고, 똑똑해 보이는 소년 같은 얼굴을 하고 있었다. 그녀는 처음부터 내 마음에 들었고, 내가 좋아하는 타입이었다. 그녀는 내 환상을 자극하기 시작했다. 그녀는 나보다 나이가 많지 않았지만, 훨씬 성숙해 보였고, 우아하고 뚜렷한 윤곽을 가지고 있었으며, 거의 완벽한 숙녀 같았지만, 얼굴에는 장난기와 소년스러움이 섞여 있어서 아주 마음에 들었다.

나는 사랑에 빠진 소녀에게 다가가 본 적이 없었고, 이 경우에도 그러지 못했다. 그러나 그 인상은 이전의 모든 인상보다 깊었고, 그 사랑은 내 삶에 강력한 영향을 주었다.

갑자기 나는 높은 경외심을 받는 형상을 앞에 두게 되었다. 아, 그리고 어떤 욕구나 충동도 나에게는 존경과 숭배의 욕망만큼 깊고 강하지 않았다! 나는 그녀에게 베아트리체라는 이름을 붙였다. 왜냐하면 단테의 작품을 읽지 않았음에도 불구하고, 나는 어떤 그림에서 그녀를 알게 되었고, 그 그림의 복제본을 소중히 간직하고 있었기 때문이다. 그곳에서 그녀는 아주 길고 날씬한 팔다리와 좁고 긴 머리, 그리고 정신이 깃든 손과 특징을 가진 프리라파엘리파[1]의 그림속 소녀의 모습이었다. 내 아름다운 젊은 여자는 그녀와 완전히 닮지는 않았지만, 내가 좋아하는 그 날씬함과 소년스러움을 보여주었고,

---

[1]"프리라파엘리파"는 19세기 중반 영국에서 활동한 예술가 그룹인 **프리라파엘리파(Pre-Raphaelite Brotherhood)**를 가리킵니다. 이 그룹은 라파엘로 이전의 이탈리아 르네상스 미술을 이상적으로 여기며, 라파엘로 이후의 미술이 지나치게 형식적이고 기교에 치우쳤다고 생각했습니다.

얼굴에는 영적인 느낌도 있었다.

나는 베아트리체와 한 마디도 나누지 않았다. 그럼에도 불구하고 그녀는 그 당시 내게 깊은 영향을 미쳤다. 그녀는 내 앞에 형상을 세웠고, 나에게 성소를 열어주었으며, 나를 신전에서 기도하는 사람으로 만들었다. 어느 날부터 나는 술집과 밤의 방황에서 멀어졌다. 나는 다시 혼자 있는 것이 즐거웠고, 책 읽는 것이 즐거웠으며, 산책하는 것이 즐거웠다.

갑작스러운 변화는 많은 조롱을 불러왔다. 그러나 나는 이제 사랑하고 숭배할 대상을 가졌고, 다시 이상을 가졌으며, 삶은 다시 예감과 신비로운 황혼으로 가득 차 있었다. 그것은 나를 무감각하게 만들었다. 나는 다시 나 자신에게 돌아왔지만, 이제는 숭배하는 이미지의 노예이자 봉사자로서였다.

어떤 특별한 감정 없이 생각할 수 없던 그 시절을 떠올려보면 나는 무너진 삶의 기간에서 '밝은 세계'를 다시 만들기 위해 가장 진지하게 노력했으며, 다시 내 안의 어둠과 악을 제거하고 완전히 밝은 곳에 머물기 위해 살았다. 그러나 이번에이 '밝은 세계'는 어느 정도 나 자신의 창조물이었다. 더 이상 어머니에게로 도망치고 기어가는 무책임한 안전함의 문제가 아니라, 책임감과 자기 훈련을 통해 스스로 고안하고 요구한 새로운 서비스였다. 그것은 책임과 자기 수양이 포함된 것이었다. 내가 고통받고 끊임없이 도망치던 성적 충동은 이제 이 신성한 불꽃에서 영성과 경건으로 승화되었다. 더 이상 어두운 것도, 추한 것도, 잠 못 이루는 밤도, 음탕한 이미지 앞에서 가슴 두근거림도, 금지된 문에 귀 기울이는 것도, 욕망도 없었다. 대신 나는 베아트리체의 그림으로 제단을 세웠고, 그녀에게 헌신함으로써 영과 신들에게 나를 바쳤다. 어두운 힘에게서 빼앗은 생명의 몫을 밝은 힘에게 바쳤다. 내 목표는 쾌락이 아닌 순수함, 행복이 아닌 아름다움과 영성이었다.

베아트리체 숭배는 내 삶을 완전히 바꾸어 놓았다. 어제까지만 해도 조숙한 냉소가였던 나는 이제 성스러움을 추구하는 성전의 일꾼이 되었다. 나는 익숙했던 나쁜 삶들을 청산했을 뿐만 아니라 모든 것을 변화시키려 했고, 순수함, 고귀함, 존엄을 모든 것에 주입하려 노력했다. 이것은 음식과 음료, 말투와 옷차림까지 포함되었다. 나는 아침을 차가운 물로 세수하는 것으로 시작했는데, 처음에는 억지로 해야만 했다. 나는 진지하고 존엄 있게 행동했으며, 걸음걸이도 천천히 더 존엄 있게 당당하게 걸으려 했다. 다른 사람들이 보기에 웃기게 보였을지도 모르지만, 내 안에서는 모두 신성한 의식이었다.

내 새로운 마음가짐을 표현하기 위한 새로운 습관들 중 하나가 나에게 중요해졌다. 나는 그림을 그리기 시작했다. 이 모든 것은 내가 가지고 있던 영국의 베아트리체 그림이 그 소녀와 충분히 닮지 않았다는 것에서 시작되었다. 나는 그녀를 직접 그려보려 했다. 전혀 새로운 기쁨과 희망으로 나는 최근에 생긴 내 방에 좋은 종이, 물감, 붓 등을 가져다 놓고, 팔레트, 유리, 도자기 그릇, 연필 등을 준비했다. 작은 튜브에 든 고운 템페라 물감에 기분이 좋아졌고 특히 불타는 듯한 크롬 옥사이드 그린도 있었는데, 처음 작은 흰색 그릇에 담았을 때의 빛나는 모습이 아직도 기억난다.

나는 신중하게 시작했다. 얼굴을 그리는 것은 어려웠기에, 다른 것들을 먼저 시도하려 했다. 나는 장식, 꽃, 작은 상상 속 풍경을 그렸다. 예를 들어, 예배당 옆 나무나 사이프러스 나무가 있는 로마의 다리 같은 것들을 그렸다. 때로는 이 놀이 같은 일에 완전히 빠져서 아이처럼 행복해했다. 결국 나는 베아트리체를 그리기 시작했다.

몇 장은 완전히 실패하여 버려졌다. 거리에서 가끔 만나는 그 소녀의 얼굴을 떠올리려고 하면 할수록, 그리는 것이 점점 더 어려워졌다. 결국 나는 소녀의 얼굴을 그리는 것을 포기하고, 단순히 상상과 색과 붓이 만들어내는 대로 얼굴을 그리기 시작했다. 그 결과 꿈속에서 본 듯한 얼굴이 나왔고, 나는 그다지 불만스럽지 않았다. 그럼에도 불구하고 나는 계속해서 시도했고, 각 새로운 그림은 조금씩 더 명확해지고, 소녀의 실제 모습에 가까워졌다.

점점 나는 상상 속의 붓질로 선을 그리고 색을 채우는 것에

익숙해졌고, 이는 무의식적으로 이루어졌다. 그러던 어느 날, 나는 거의 무의식적으로 더욱 강력하게 나에게 말을 거는 얼굴을 완성했다. 그것은 그 소녀의 얼굴이 아니었고, 이제는 그것이 될 수도 없었다. 그것은 다른 무엇, 비현실적인 무엇이었지만 그 가치가 덜하지는 않았다. 그것은 소녀의 얼굴보다는 청년의 머리 같았고, 머리카락은 금발이 아니라 붉은 기가 도는 갈색이었으며, 턱은 강하고 단단했지만 입술은 붉고 활짝 피어 있었다. 전체적으로는 다소 경직되고 가면 같았지만, 인상적이고 비밀스러운 생명력이 가득했다.

완성된 그림 앞에 앉아 있자, 그림은 나에게 묘한 인상을 주었다. 그것은 반은 남성, 반은 여성의 신성한 상이나 성스러운 가면처럼 보였다. 나이는 없고, 의지력만큼이나 꿈꾸는 듯한 느낌을 주었으며 단단하면서도 은밀하게 살아 있는 느낌이었다. 이 얼굴은 나에게 무언가를 말해주고 있었고, 나와 연결되어 있었으며, 나에게 요구하는 바가 있었다. 그리고 그것은 누군가를 닮았는데, 나는 그게 누구인지 알 수 없었다.

그 그림은 이제 한동안 내 모든 생각과 삶을 함께했다. 나는 그것을 서랍 속에 숨겨두었고, 아무도 그것을 발견해서 나를 조롱하지 못하도록 했다. 하지만 혼자 있을 때면 나는 그것을 꺼내어 가지고 놀았다. 밤에는 그것을 침대 맞은편 벽지 위에 핀으로 고정시키고, 잠들 때까지 바라보았으며, 아침에는 첫 번째 시선이 그 그림으로 향했다.

바로 그 시기에 나는 어릴 적 늘 그랬듯이 다시 꿈을 꾸기 시작했다. 몇 년 동안 꿈을 꾸지 않았던 것 같았다. 이제 꿈들이 다시 찾아왔고, 전혀 새로운 이미지들이 나타났으며, 자주 내가 그린 초상화가 꿈에 등장했다. 그것은 살아 움직이며 말을 걸기도 했고, 때로는 나에게 우호적이거나 적대적이었다. 어떤 때는 일그러진 괴물 같은 모습으로, 또 어떤 때는 무한히 아름답고 조화롭고 고귀한 모습으로 나타났다.

어느 날 아침, 그런 꿈에서 깨어나자 나는 갑자기 그것을 알아보았다. 그것은 너무나도 익숙한 얼굴로 나를 바라보고 있었고, 마치 내 이름을 부르는 것 같았다. 그것은 나를 어머니처럼 알고 있는 듯했으며, 나를 향해 있는 것 같았다. 나는 가슴이 두근거리며 그림을 응시했다. 짙고 갈색의 머리카락, 반여성적인 입술, 특이한 밝은 이마 (그 부분은 자연스럽게 그렇게 말라 있었다) 그리고 점점 더 나는 그것을 알아차리게 되었다. 무언가 다시 찾은 느낌, 그 인식을 느꼈다.

나는 침대에서 뛰쳐나와 그림 앞에 섰고, 가장 가까운 거리에서 그것을 바라보았다. 바로 그 녹색을 띤, 넓게 열린 눈 속을 바라보았다. 그 중 오른쪽 눈이 약간 더 높이 위치해 있었다. 그리고 갑자기 그 오른쪽 눈이 가볍게, 하지만 분명히 떨리는 것을 보았고, 그 순간 나는 그 그림을 알아보았다.

어떻게 이제야 그것을 알아차릴 수 있었을까! 그것은 데미안의 얼굴이었다.

나중에 나는 그 그림을 데미안의 실제 얼굴과 여러 번 비교했다. 내 기억 속의 데미안의 얼굴과는 정확히 일치하지 않았지만, 그와 닮아 있었다. 그것은 분명 데미안이었다.

어느 초여름 저녁, 서쪽을 향한 내 창문을 통해 붉게 비치는 해가 내 방을 비추었다. 방 안은 어스름해졌다. 나는 그때 베아트리체의 초상화, 아니 데미안의 초상화를 창틀에 핀으로 고정하고, 석양이 비치는 모습을 지켜볼 생각을 했다. 얼굴의 윤곽은 흐릿해졌지만, 붉게 테두리진 눈, 밝은 이마, 그리고 강렬하게 붉은 입술이 그림 속에서 깊고 격렬하게 빛났다. 나는 그 빛이 사라질 때까지 오랫동안 그 앞에 앉아 있었다. 그리고 점점 나는 이것이 베아트리체도 데미안도 아닌, 바로 나 자신이라는 느낌이 들었다. 그 초상화는 나를 닮지 않았지만, 내 삶의 본질을 나타내었고, 내면, 운명 혹은 내 안의 악마를 표현한 것이었다. 언젠가 내가 다시 친구를 찾는다면 그는 이 얼굴을 닮았을 것이고, 언젠가 내가 사랑하는 사람을 찾는다면 그녀는 이 얼굴을 닮았을 것이다. 그것은 내 삶과 죽음, 내 운명의 음율과 리듬이었다.

그 주 동안 나는 이전에 읽었던 책들보다 더 깊은 인상을 준 독서를 시작했다. 나중에 니체를 읽었을 때만큼 강렬하게

책을 경험했던 적은 거의 없었다. 그것은 노발리스의 편지와 격언이 담긴 책이었고, 그중 많은 것들을 이해할 수 없었지만, 모든 것이 나를 끌어당기고 사로잡았다. 그 격언 중 하나가 떠올랐다. 나는 그 격언을 펜으로 초상화 아래에 적었다. '운명과 마음은 같은 개념의 다른 이름이다.' 나는 이제 그것을 이해했다.

내가 베아트리체라고 부른 소녀는 나에게 종종 나타났다. 나는 더 이상 그녀를 보고 감정이 동요하지 않았지만, 언제나 부드러운 일치감을 느꼈고, 감성적인 느낌을 가졌다.

"너는 나와 연결되어 있지만, 너 자신은 아니야. 단지 너의 이미지일 뿐이야. 너는 내 운명의 일부야."

막스 데미안에 대한 그리움이 다시 강렬해졌다. 나는 몇 년 동안 그에 대해 아무것도 알지 못했다. 방학 동안 그를 한 번 만났었다. 지금 보니, 내가 이 짧은 만남을 기록에서 생략했음을 알게 되었는데, 그 이유는 부끄러움과 허영심 때문이었다. 나는 이 기록을 보완할 필요를 느꼈다.

어느 날 방학 때, 나는 주정뱅이 시절의 피곤한 얼굴을 하고 아버지의 고향을 어슬렁거리며 산책하고 있었다. 산책용 지팡이를 휘두르며, 여전히 변하지 않은 필리스터[2]들의 얼굴

---

2)필리스터(속물이나 교양 없는 사람, 정신적으로 둔감한 사람을 가리키는 비유적인 표현)

을 경멸스럽게 바라보면서 걷고 있었는데, 그때 내 옛 친구와 마주쳤다. 그를 보자마자 나는 깜짝 놀랐다. 번개처럼 프란츠 크로머가 생각났다. 데미안이 그 이야기를 정말 잊었으면 좋겠다고 생각했다! 그에게 그런 의무가 있다는 것이 너무 불편했다. 사실, 그건 바보 같은 어린 시절 이야기였지만, 그래도 의무는 의무였다.

그는 내가 인사할지 기다리는 듯 보였고, 내가 최대한 평온하게 인사하자, 그는 내 손을 잡았다. 그건 역시 그의 악수였다! 단단하고 따뜻하면서도 차분하고, 남자답게!

그는 내 얼굴을 주의 깊게 바라보며 말했다.

"넌 많이 컸구나, 싱클레어." 그 자신은 전혀 변하지 않은 것 같았다. 언제나처럼 똑같이 늙지도 젊지도 않았다.

그는 나와 함께 산책을 하며, 그 당시 이야기는 전혀 꺼내지 않고, 부수적인 이야기들만 나누었다. 나는 그에게 한때 몇 번 편지를 보냈지만, 답장을 받지 못했던 것이 떠올랐다. 아, 그도 그 바보 같은 편지들을 잊었으면 좋겠다고 생각했다! 그는 아무 말도 하지 않았다.

그때는 베아트리체도 없었고, 그림도 없었다. 나는 여전히 방탕한 시기를 보내고 있었다. 도시 밖에서 나는 그에게 술집에 가자고 초대했다. 그는 나와 함께 갔다. 나는 허세를 부리며 와인 한 병을 주문하고, 잔을 채우고, 그와 건배하며, 학생들의 음주 습관에 익숙한 척했다. 첫 잔을 한 번에 비웠다.

"술집에 자주 가니?" 그가 물었다.

"아, 그래," 나는 무기력하게 말했다.

"그럼 뭐 하겠어? 결국엔 그게 가장 재미있잖아."

"그렇구나. 그럴 수도 있지. 술 취하는 것, 그 바쿠스적인 느낌이 정말 멋지긴 해. 하지만 나는 대부분 술집에 자주 가는 사람들 보면 그 멋진 느낌을 완전히 잃어버린 것 같아. 술집에 가는 것 자체가 필리스터스러운 것 같아. 물론, 한밤 중에 횃불을 들고, 진짜 멋진 취기와 황홀경 속에서라면 말이야! 하지만 매번 술 한 잔씩 마시는 건 진짜 아닌 것 같아. 너는 파우스트가 매일 밤 같은 자리에서 술을 마시는 모습을 상상할 수 있어?"

나는 술을 마시며 그를 적대적으로 바라보았다.

"그래, 모두가 파우스트는 아니지." 나는 짧게 말했다.

그는 잠시 어리둥절해 보였다.

그러다가 그는 옛날처럼 생생하고 우월한 미소를 지으며 웃었다.

"글쎄, 왜 이런 걸로 싸워? 어쨌든, 술꾼이나 방탕자의 삶이 훌륭한 시민의 삶보다는 더 생동감이 넘칠 거야. 그리고 내가 읽은 적이 있는데, 방탕자의 삶은 신비주의자가 되기 위한 최고의 준비 과정 중 하나래. 성 아우구스티누스 같은 사

람들도 결국에는 예언자가 되지 않니? 그도 이전에는 쾌락을
즐기고 방탕한 삶을 살았잖아."

나는 그를 의심하며, 그에게 지지 않겠다고 결심했다. 그래
서 나는 냉소적으로 말했다.

"그래, 각자 취향대로 사는 거지! 솔직히 말하면, 나는 예언
자가 되고 싶지는 않아."

데미안은 살짝 찡그린 눈으로 나를 알 수 없다는 듯이 바라
보았다.

"사랑하는 싱클레어," 그가 천천히 말했다.

"내가 불쾌한 말을 하려던 것은 아니었어. 게다가 네가 지
금 왜 술을 마시는지, 우리 둘 다 알 수 없어. 네 안에 있는 그
것, 네 삶을 만드는 그것이 알고 있어. 그걸 아는 건 좋은 일
이야. 우리 안에 모든 것을 알고, 모든 것을 원하고, 우리보다
모든 것을 더 잘하는 누군가가 있다는 것. 하지만 미안해, 나
이제 집에 가야 해."

우리는 짧게 작별 인사를 나눴다. 나는 매우 불쾌한 기분으
로 앉아 있다가, 남은 와인 병을 다 비웠다. 떠나려 할 때, 데
미안이 이미 계산을 마쳤다는 사실을 알게 되었다. 그게 나를
더욱 화나게 했다.

이 작은 사건에 내 생각이 다시 고정되었다. 내 머릿속은
온통 데미안으로 가득했다. 그가 도시 외곽의 그 술집에서 했

던 말들이 내 기억 속에서 신선하고 생생하게 되살아났다.

"우리 안에 모든 것을 아는 누군가가 있다는 것을 아는 건 정말 좋다!"

나는 창가에 걸린 이미 희미해진 그림을 바라보았다. 하지만 나는 여전히 그 눈이 빛나는 것을 보았다. 그건 데미안의 눈이었다. 아니면, 내 안에 있는 누군가의 눈이었다. 모든 것을 아는 그 누군가의 눈이었다.

나는 데미안을 그리워했다. 그에 대해 아는 것은 아무것도 없었다. 그에게 접근할 수도 없었다. 그가 아마도 어딘가에서 공부하고 있을 거라는 것과, 그의 고등학생 시절이 끝난 후 그의 어머니가 우리 도시를 떠났다는 것만 알고 있었다.

프란츠 크로머와의 사건까지 거슬러 올라가며, 나는 데미안에 대한 모든 기억을 되살려 보았다. 그가 나에게 했던 많은 말들이 다시 떠올랐고, 모든 것이 여전히 의미가 있었고, 현재에도 유효하며 나와 관련이 있었다! 우리의 마지막 만남에서 그가 방탕자와 성자에 대해 말했던 것 역시 갑자기 내 마음속에 분명히 떠올랐다. 그것이 바로 내게 일어난 일 아닌가? 나는 술 취하고 더러운 상태에서, 혼란과 절망 속에서 살다가, 새로운 삶의 충동으로 인해 정반대의 갈망, 즉 순수함에 대한 갈망, 성스러움에 대한 열망이 내 안에서 살아나지 않았는가?

나는 계속해서 기억을 더듬어 갔다. 밤이 이미 깊었고, 밖에는 비가 내리고 있었다. 내 기억 속에서도 나는 빗소리를 들었다. 그것은 그가 한때 밤에 나를 체스트넛 나무 아래에서 프란츠 크로머에 대해 질문하고 내 비밀을 알아냈던 순간이었다. 하나하나 떠오르는 기억, 학교 가는 길에 나눈 대화, 그리고 종교 수업 시간들. 그리고 마지막으로 내가 데미안과 처음 만났던 순간이 떠올랐다. 그때 무슨 일이 있었던가? 처음에는 기억이 나지 않았지만, 시간이 지나면서 점차 기억이 떠올랐다. 우리는 우리 집 앞에 서 있었고, 그는 나에게 카인에 대한 자신의 견해를 말해주었다. 그 후 그는 집 문 위에 있는 오래된, 지워진 문장에 대해 이야기했다. 아래에서 위로 넓어지는 종석에 있는 그 문장이 그를 흥미롭게 했다고 했다. 그는 그런 것들에 주의를 기울여야 한다고 말했다.

그 밤에 나는 데미안과 그 문장에 대한 꿈을 꾸었다. 문장은 계속 변형되었고, 데미안이 그것을 손에 들고 있었는데, 때로는 작고 회색이었고, 때로는 거대하고 다채로웠다. 하지만 그는 그것이 항상 동일한 것이라고 설명했다. 마지막에는 그가 나에게 그 문장을 먹으라고 강요했다. 내가 그것을 삼켰을 때, 나는 엄청난 공포 속에서 그 문장의 새가 내 안에서 살아나 나를 가득 채우고, 내부에서 나를 삼켜버리려는 것을 느꼈다. 나는 죽음의 공포로 깨어났다.

깨어나 보니 한밤중이었고, 방 안으로 비가 들어오고 있었다. 나는 창문을 닫기 위해 일어섰고, 바닥에 놓인 밝은 무언가를 밟았다. 아침이 되어 보니, 그것은 내가 그린 그림이었다. 그것은 물기에 젖어 바닥에 놓여 있었고, 주름이 생겨 있었다. 나는 그것을 건조시키기 위해 두꺼운 책 사이에 끼워 놓았다. 다음 날 다시 보았을 때, 그것은 말라 있었다. 하지만 변해 있었다. 붉은 입술은 색이 바래고 약간 좁아졌다. 그것은 이제 완전히 데미안의 입술이었다.

나는 이제 문장 속의 새를 주제로 새로운 그림을 그리기 시작했다. 그 새가 실제로 어떻게 생겼는지는 명확히 기억나지 않았고, 실제로 가까이서도 그다지 분명하게 보이지 않는 부분들이 있었는데, 그것은 오래되고 여러 번 덧칠이 되어있기 때문이었다. 그 새는 무언가 위에 서 있거나 앉아 있었는데, 아마도 꽃 위나 바구니나 둥지 위, 혹은 나무 꼭대기 위였을 것이다. 나는 그런 것에는 신경 쓰지 않고, 내가 명확히 기억하는 것부터 시작했다. 막연한 필요성에서 나는 강한 색채로 시작했다, 새의 머리는 내 그림에서 황금빛 노란색이었다. 기분에 따라 계속 그림을 그려 며칠 만에 완성했다.

이제 그것은 맹금류가 되었고, 날카롭고 대담한 참매의 머리를 하고 있었다. 새는 몸의 절반정도를 검은 세계 구체 속에 담그고 있었고, 그곳에서 마치 거대한 알에서 나오는 것처럼 몸을 빼고 있었다. 푸른 하늘 배경 속에서. 그림을 오래 바라보니, 그것은 점점 더 내 꿈에서 본 문장과 같은 색채로 된 문장처럼 보였다.

데미안에게 편지를 쓰는 것은 불가능했다, 그가 어디 있는지 알았다 해도 말이다. 그러나 나는 그때 모든 것을 그렇게 했던 것처럼 꿈꾸듯이 그에게 참매 그림을 보내기로 결심했다, 그것이 그에게 도착하든 말든. 나는 아무것도 쓰지 않았고, 이름도 적지 않았다. 가장자리를 조심스럽게 다듬고, 큰 종이 봉투를 사서 친구의 옛 주소를 적었다. 그리고 그것을 보냈다.

시험이 다가오면서 나는 학교 공부에 더 열중해야 했다. 내가 갑자기 내 타락한 삶을 바꾼 이후로, 선생님들은 다시 나를 받아들였다. 나는 여전히 좋은 학생은 아니었지만, 이제 아무도 내가 반년 전 학교에서 처벌받고 퇴학당할 뻔한 학생이라고 생각하지 않았다.

아버지는 이제 비난이나 협박 없이 다시 예전처럼 나에게 편지를 썼다. 하지만 나는 그 변화를 누구에게도, 아버지에게조차 설명하고 싶은 생각이 없었다. 그 변화가 부모님과 선생님들의 기대와 우연히 맞아떨어진 것이었다. 이 변화는 나를 다른 사람들에게 가까이 가지 않고, 오히려 더 고립되게 만들었다. 그것은 데미안에게, 멀리 있는 운명으로 향했다. 나도

스스로 알지 못했고, 그 한가운데에 서 있었다. 베아트리체로부터 시작되었지만, 한동안 나는 그림으로 그린 페이지와 데미안에 대한 생각으로 인해 그녀와 내 생각을 완전히 잊어버린 비현실적인 세상에 살고 있었다. 내 꿈, 내 기대, 내 내면의 변화를 아무에게도, 원한다고 해도 한마디도 말할 수 없었다. 하지만 어떻게 그런 말을 할 수 있었겠는가?

다섯 번째 장

새는 알에서
나오려고 애쓴다

다섯 번째 장

새는 알에서
나오려고 애쓴다

내가 그린 꿈의 새는 길을 떠나 내 친구를 찾고 있었다. 그리고 가장 특이한 방식으로 답이 찾아왔다.

어느 날, 학교 수업 중 쉬는 시간이 끝난 후 내 자리에서 책속에 끼워진 쪽지를 발견했다. 그것은 우리 반 친구들이 수업 중에 몰래 주고받는 쪽지처럼 접혀 있었다. 나는 도대체 누가 나에게 이런 쪽지를 보냈는지 궁금했다. 왜냐하면 나는 반 친구들과 그런 식으로 쪽지를 주고받는 관계가 아니었기 때문이다. 나는 그것이 아마도 어떤 장난이나 놀이에 참여하라는 초대일 것이라고 생각했고, 나는 그런 것에 참여하지 않기 때문에 쪽지를 읽지 않고 책 앞부분에 그냥 끼워두었다. 수업 중 우연히 그 쪽지가 다시 손에 잡혔을 때까지 말이다.

나는 쪽지를 무심코 펼쳐보고는 몇 마디 적힌 글을 발견했다. 무심코 읽기 시작했지만, 어느 단어에서 눈길이 멈췄고, 그 순간 나는 놀라서 가슴이 차가워지는 듯한 두려움을 느끼며 다시 읽었다.

'새는 알에서 나오려고 투쟁한다. 알은 세상이다. 태어나려는 자는 하나의 세계를 파괴해야 한다. 새는 신에게 날아간다. 그 신의 이름은 아브락사스이다.'

나는 이 구절을 여러 번 읽으며 깊은 생각에 잠겼다. 의심할 여지가 없었다. 이것은 데미안의 답변이었다. 나와 데미안 외에는 그 새에 대해 아는 사람이 없었으니 말이다. 그는 내 그림을 받았고, 이해했고, 해석을 도와주었다. 하지만 이 모든 것이 어떻게 연결되는지 알 수 없었다. 그리고 무엇보다도 나를 괴롭힌 것은 '아브락사스'라는 단어였다. 나는 그 단어를 들어본 적도, 읽어본 적도 없었다.

"신의 이름은 아브락사스다!"

수업 시간은 그렇게 지나갔고, 나는 수업 내용을 하나도 듣지 못했다. 다음 시간, 즉 오전의 마지막 수업이 시작되었다. 그 수업은 대학교에서 막 온 젊은 보조 교사가 진행했다. 젊은 그는 우리에게 호감을 샀고, 우리 앞에서 거만한 태도를 보이지 않아 인기를 끌었다.

우리는 포렌 박사의 지도 아래 헤로도토스를 읽고 있었다.

이 독서는 내가 학교에서 좋아하는 몇 안 되는 과목 중 하나
였다. 그러나 이번에는 내가 집중하지 못했다. 나는 책을 기
계적으로 펼쳤고, 번역을 따라가지 않았으며 내 생각에 깊이
잠겨 있었다. 사실, 데미안이 종교 수업 시간에 나에게 했던
말이 옳았던 것을 몇 번이고 경험한 적이 있다. 무언가를 강
하게 원하면, 그것은 이루어졌다. 수업 시간에 내 생각에 깊
이 몰두하고 있을 때, 선생님은 나를 건드리지 않았다. 만약
내가 산만하거나 졸리다면, 선생님은 갑자기 내 앞에 나타나
곤 했다. 하지만 진정으로 생각에 잠겨 있을 때는 보호받는
것 같았다. 그리고 집중해서 쳐다보는 것도 몇 번 시도해봤는
데, 효과가 있었다. 데미안 시절에는 성공하지 못했지만, 이
제는 종종 시선과 생각만으로도 많은 것을 이룰 수 있다는 것
을 느꼈다.

　나는 지금 헤로도토스와 학교에서 멀리 떨어진 곳에 그렇
게 앉아 있었다. 그런데 갑자기 선생님의 목소리가 번개처럼
내 의식에 내리쳤고, 나는 놀라서 깨어났다. 그의 목소리를
들었고, 그는 바로 내 옆에 서 있었다. 나는 그가 내 이름을
불렀다고 생각했지만, 그는 나를 쳐다보지 않았다. 나는 안도
의 한숨을 내쉬었다.

　그러자 그의 목소리가 다시 들렸다. 큰 소리로 그는 "아브
락사스"라는 단어를 말했다.

나는 그가 설명하는 내용을 놓쳤지만, 포렌 박사는 계속해서 말했다.

"우리는 고대의 이단과 신비적인 단체들이 지닌 관점을 합리주의적 시각으로 단순하게 이해해서는 안 됩니다. 고대에는 우리의 의미에서 과학이라는 개념이 전혀 없었습니다. 대신 철학적이고 신비적인 진리에 대한 깊이 있는 탐구가 있었습니다. 이 탐구 중 일부는 마법과 장난으로 발전하여 종종 사기와 범죄로 이어지기도 했습니다. 그러나 마법에도 고귀한 기원과 깊은 사상이 있었습니다. 제가 예로 든 아브락사스의 교리가 그렇습니다. 이 이름은 그리스의 마법 공식과 관련이 있으며, 자주 어떤 마법의 악마의 이름으로 간주됩니다. 그러나 아브락사스는 훨씬 더 깊은 의미를 지니고 있는 것 같습니다. 우리는 이 이름을 신과 악마를 하나로 통합하는 상징적 역할을 맡은 신의 이름으로 생각할 수 있습니다."

그 작은 학자 같은 남자는 열정적으로 계속해서 말했지만, 아무도 크게 주의를 기울이지 않았고, 이름이 다시 나오지 않자 나의 관심도 다시 내면으로 돌아갔다.

'신성과 악마성을 통합한다.'는 생각이 내 마음속에 울려 퍼졌다. 여기서부터 나는 다시 시작할 수 있었다. 이 생각은 내가 데미안과의 우정 마지막 시기에 나눈 대화에서 익숙한 것이었다. 데미안은 당시, 우리가 경배하는 신이 실제로는 세계의 임의로 나누어진 절반만을 대표한다고 했었다. (그것은 공식적이고 허용된, '밝은' 세계였다.) 그러나 우리는 전체 세계를 경배할 수 있어야 했고, 따라서 악마이기도 한 신을 가져야 하거나, 신을 경배하는 것과 함께 악마를 경배하는 예식도 마련해야 한다고 했다. 그래서 아브락사스가 신이면서도 악마인 신이라는 것이었다.

나는 한동안 이 단서를 따라 열심히 탐구했지만, 진전을 이루지 못했다. 나는 아브락사스에 대한 정보를 찾기 위해 온갖 도서관을 뒤졌지만 성과는 없었다. 내 본성은 이런 직접적이고 의식적인 탐구에 적합하지 않았으며, 이러한 방식으로는 대부분 손에 남는 돌처럼 의미 없는 진리만 찾게 될 뿐이었다.

한동안 나를 깊이 사로잡았던 베아트리체의 모습은 점차 사라져갔다. 아니, 그녀는 나에게서 멀어지기 시작했고, 점점 지평선에 가까워지며 희미해지고 멀어졌다. 그녀는 더 이상 내 영혼을 만족시킬 수 없었다.

나는 꿈을 꾸듯이 살던 내 삶 속에서 이제 새로운 무언가가 형성되기 시작했다. 생명에 대한 갈망, 더 정확히 말하자면 사랑에 대한 갈망이 내 안에서 피어났고, 한동안 베아트리체에 대한 숭배로 해소할 수 있었던 성적 욕망은 새로운 이미지와 목표를 요구했다. 여전히 나에게는 충족이 없었고, 내 친구들이 찾는 여자들에게서 내 행복을 찾는 것은 더욱 불가능해졌다. 나는 다시 격렬히 꿈을 꾸기 시작했다. 환상, 이미지 또는 욕망이 내 안에서 솟아 나와 외부 세계로부터 나를 끌어당겼고, 나는 이것들과 함께, 꿈이나 그림자들과 더 실제적이고 활발하게 교류하며 살았다.

특정한 꿈, 아니면 반복되는 환상은 나에게 중요해졌다. 이 꿈은 내 인생에서 가장 중요하고 지속적인 꿈이었다. 꿈은 대략 이러했다. 나는 아버지의 집으로 돌아갔다. 문 위에는 푸른 배경에 노란색으로 빛나는 새 모양의 문장이 있었다. 집 안에서는 어머니가 나를 맞이했다. 그러나 내가 들어가서 그녀를 껴안으려고 할 때, 그것은 그녀가 아닌 한 번도 본 적 없는 거대하고 강력한 형상이었다. 그것은 막스 데미안을 닮았고 내가 그린 그림과도 닮았지만, 다르기도 했고, 강력하면서도 완전히 여성스러웠다. 이 형상은 나를 끌어안으며 깊고 오싹한 사랑의 포옹으로 나를 감쌌다. 황홀함과 공포가 뒤섞여 있었는데 그 포옹은 경배이자 범죄였다. 어머니에 대한 많은 기억과 데미안에 대한 기억이 그 형상에 맴돌고 있었다. 그녀의 포옹은 모든 존경심을 거스르면서도 축복이었다. 나는 이 꿈에서 종종 깊은 행복감을 느끼며 깨어났고, 때로는 극심한 죄책감과 공포로 깨어나기도 했다.

천천히 그리고 무의식적으로 이 내면의 이미지와 내가 찾고 있던 신에 대한 외부의 신호가 연결되기 시작했다. 그 연결은 점점 더 깊어졌고, 나는 이 예감적인 꿈에서 아브락사스를 부르고 있다는 것을 느끼기 시작했다. 황홀함과 공포, 남성과 여성이 섞여 있고, 신성함과 끔찍함이 얽혀 있으며, 섬세한 순수함 속에 깊은 죄책감이 섞여 있었다. 이것은 나의 사랑의 환상이었고 아브락사스였다. 사랑은 더 이상 내가 처음에 두려워했던 짐승 같은 어두운 충동이 아니었고, 베아트리체의 이미지에 바친 신성하게 정화된 숭배도 아니었다. 그것은 둘 다였고, 그 이상이었으며 천사의 모습과 사탄, 남성과 여성, 인간과 동물, 최고의 선과 악이 모두 하나였다. 이렇게 사는 것이 나의 운명인 것 같았고, 이를 맛보는 것이 나의 운명이었다. 나는 그것을 갈망하면서도 두려워했고, 그것을 꿈꾸면서도 피했지만, 그것은 항상 내 안에 있었다.

다음 봄에 나는 고등학교를 떠나 대학에 갈 예정이었다. 어디에서 무엇을 공부할지는 아직 알 수 없었다. 내 입술에는 작은 수염이 자라고 있었고, 나는 성인이 되었지만 완전히 무기력하고 목표가 없었다. 확실한 것은 단 하나, 내 안의 목소리, 꿈속의 이미지였다. 나는 이 안내를 맹목적으로 따라야 한다는 사명을 느꼈다. 하지만 그것은 매우 어려웠고, 매일같이 나는 저항했다. 종종 나는 내가 미쳤다고 생각했다. 어쩌면 나는 다른 사람들과 다를지도 몰랐다. 그러나 다른 사람들이 해내는 모든 것을 나도 할 수 있었다. 약간의 노력과 수고로 나는 플라톤을 읽을 수 있었고, 삼각법 문제를 풀 수 있었으며, 화학 분석도 따라갈 수 있었다. 하지만 단 하나, 할 수 없는 것이 있었다. 그것은 내 안에 어둡게 숨어 있는 목표를 끄집어내어 다른 사람들이 하듯 명확하게 내 앞에 그려내는 것이었다. 그들은 자신이 교수가 될지, 판사가 될지, 의사가 될지, 예술가가 될지 정확히 알고 있었다. 그것이 얼마나 걸릴지, 어떤 이점이 있을지도 알고 있었다. 그렇지만 나는 그것을 할 수 없었다. 어쩌면 나도 언젠가 그렇게 될지도 모르지만, 어떻게 알 수 있을까? 어쩌면 나는 평생을 찾아 헤매다 결국 아무것도 되지 못할지도 모른다. 어쩌면 나는 어떤 목표에 도달할지도 모르지만, 그것이 나쁜 것, 위험한 것, 끔찍한 것일 수도 있다.

나는 그저 내 안에서 자연스럽게 나오고자 하는 삶을 살려고 노력하고 싶었다. 왜 그것이 그렇게 어려운 것일까?

종종 나는 꿈속의 그 강력한 사랑의 형상을 그리려고 시도했다. 하지만 결국 성공하지 못했다. 만약 성공했다면, 나는 그 그림을 데미안에게 보냈을 것이다. 그는 어디에 있을까? 나는 알 수 없었다. 다만 그가 나와 연결되어 있다는 것만 알았다. 언제 다시 그를 보게 될까?

베아트리체와 살았던 몇 주, 몇 달의 친근한 평온함은 오래전에 지나갔다. 그때 나는 어떤 섬에 도착해 평화를 찾았다고 생각했다. 하지만 언제나 그렇듯, 내가 어떤 상태를 사랑하게 되자마자, 어떤 꿈이 나를 행복하게 해주자마자, 그것은 시들어졌고 희미해졌다. 그것을 아쉬워하는 것은 헛된 일이었다! 나는 이제 충족되지 않은 욕망의 불꽃 속에 살고 있었고, 긴장된 기대 속에서 종종 완전히 미쳐버릴 것만 같았다. 꿈 속 연인의 모습은 내 앞에 생생하게 떠올랐고, 나는 그것을 나의 손보다 더 분명하게 보았다. 나는 그것과 대화하고, 앞에서 울고 저주했다. 나는 그것을 어머니라 부르며 눈물 속에 무릎을 꿇었다. 나는 그것을 연인이라 부르며 그의 성숙하고 모든 것을 채우는 키스를 예감했다. 나는 그것을 악마와 창녀, 뱀파이어와 살인자라 불렀다. 그것은 나를 가장 섬세한 사랑의 꿈으로 유혹하고, 가장 야만적인 방종으로 이끌었다. 그것에게는 어떤것도 훌륭하거나 소중하지 않았고, 어떤것도 나쁘거나 비천하지 않았다.

그 겨울 동안 나는 내면의 폭풍 속에서 살았고, 그것을 설명하기 어려웠다. 오랫동안 고독에 익숙해져서인지 그것이 나를 짓누르지는 않았다. 나는 데미안과 참매와 그리고 나의 운명이자 연인인 거대한 꿈의 형상과 함께 살았다. 그것으로 충분했다. 왜냐하면 모든 것은 위대하고 광대한 것을 바라보고 있었고, 모든 것은 아브락사스를 가리키고 있었다. 그러나 이 꿈들 중 어느 것도, 나의 생각 중 어느 것도 나의 통제를 받지 않았다. 나는 그들을 부를 수 없었고, 그들에게 임의로 색을 입힐 수도 없었다. 그들은 갑자기 와서 나를 사로잡았고, 나는 그들에 의해 지배당하면서 살아갔다.

외적으로 나는 안전했다. 사람들 앞에서 나는 두려움이 없었고, 내 동급생들에게도 가르쳐 주었으며 그들은 종종 나를 미소 짓게 하는 비밀스러운 존경심도 보여주었다. 내가 원한다면 대부분의 동급생들을 꿰뚫어볼 수 있었고, 가끔 그들을 놀라게 할 수 있었다. 하지만 나는 거의 원하지 않았다. 나는 항상 나 자신에게 몰두해 있었고, 항상 나 자신과 함께 있었다. 그리고 나는 마침내 한 번쯤 살아보고 싶다는 갈망에 몸부림쳤다. 내 안에서 무언가를 세상으로 내보내고, 세상과 관계를 맺고 싸우고 싶었다. 때때로 밤거리를 달리며, 불안함에 자정까지 집에 돌아갈 수 없을 때, 내 연인이 이제 나를 만나러 올 것만 같았다. 다음 모퉁이를 지나가거나, 다음 창문에서 나를 부를 것만 같았다. 이것이 견딜 수 없을 만큼 고통스럽게 느껴졌고, 나는 스스로 목숨을 끊을 준비를 했다.

당시 나는 독특한 피난처를 발견했다. '우연히'라고 말하지만, 그런 우연은 없다. 어떤 사람이 절실히 필요로 하는 것을 찾게 되면, 그것은 우연이 아니라 그 사람 자신의 욕구와 필연성이 그를 이끌어가는 것이다. 나는 두세 번 시내를 걸으면서 작은 교회에서 들려오는 오르간 소리를 들었지만, 멈추지 않았다. 다음 번에 지나갈 때 다시 그 소리를 들었고, 그것이 바흐의 곡이라는 것을 알아차렸다. 나는 문으로 가봤지만 문은 닫혀 있었다. 골목에는 거의 사람이 없어서 교회 옆에 있는 벽에 기대고 서서 연주를 들었다. 그 오르간은 크지는 않았지만 좋은 오르간이었고, 연주는 훌륭했으며 거의 거장같은 독특하고 매우 개인적인 의지와 끈기의 표현이 담긴 기도처럼 들렸다. 나는 그 연주자가 이 음악 속에 보물을 숨겨두고, 그것을 인생처럼 열심히 찾고 있는 느낌을 받았다. 나는 기술적으로 음악을 많이 이해하지 못하지만, 어릴 적부터 본능적으로 이러한 영혼의 표현을 이해하고 음악을 당연한 것으로 느꼈다.

그 후 그 음악가는 현대적인 곡도 연주했는데, 그것은 레거의 곡처럼 들렸다. 교회는 거의 완전히 어두웠고, 옆 창문을 통해 아주 희미한 빛만이 들어왔다. 나는 음악이 끝날 때까지 기다렸다가, 오르간 연주자가 나올 때까지 주변을 서성거렸다. 그는 젊어보였지만 나보다는 나이가 많아보였고, 다부지고 단단한 체격의 사람이었으며, 강하고 마치 화가 난 듯한 걸음걸이로 빠르게 걸어갔다.

그때부터 나는 저녁 시간에 교회 앞에 앉거나 주변을 배회하곤 했다. 한 번은 문이 열려 있어 추위에 떨면서도 행복하게 교회의 의자에 반 시간 정도 앉아 있었다. 연주자는 희미

한 가스등 아래서 오르간을 연주하고 있었다. 그의 연주에서 나는 그 자신만을 들을 수 있는 것이 아니었다. 내가 듣기에 그가 연주하는 모든 것들이 서로 연관되어 있는 것처럼 느껴졌다. 그가 연주한 모든 곡들은 신앙심이 가득했고, 헌신적이고 경건했지만, 교회 신자나 목사들의 경건함과는 달랐다. 그것은 중세의 순례자와 거지들의 경건함, 세속적인 감정에 대한 경건함과 무조건적인 헌신, 그것들을 위시한 모든 신앙 고백들을 초월했다. 바흐 이전의 대가들과 오래된 이탈리아 작곡가들의 곡도 자주 연주되었다. 그리고 모든 곡들은 같은 말을 하고 있었다. 모든 곡들은 그 연주자의 영혼 속에 있는 것을 말했다. 그 곡들은 그가 가지고 있는 깊은 갈망, 세계를 향한 가장 깊은 몰입과 그것으로부터의 격렬한 분리, 자신의 어두운 영혼에 대한 불타는 경청, 헌신의 황홀함과 신비한 것에 대한 깊은 호기심을 표현하고 있었다.

　한 번은 오르간 연주자가 교회를 떠난 후 몰래 그를 따라갔는데 그는 도시 외곽에 있는 작은 술집으로 들어갔다. 나는 참지 못하고 그를 따라갔다. 처음으로 나는 그를 분명히 보았다. 그는 작은 방의 한 구석에서 검은 펠트 모자를 쓴 채 술한 잔을 앞에 두고 있었다. 그의 얼굴은 내가 예상했던 그대로였다. 다소 못생기고 야생적이며, 탐구적이고 고집스러운 의지가 강한 얼굴이었다. 하지만 그의 입 주변은 부드럽고 어린아이 같았다. 남성적이고 강한 부분은 모두 눈과 이마에 있었고, 얼굴의 하반신은 연약하고 미완성된 느낌이었으며 일부는 부드러웠다. 턱은 불확실함으로 소년처럼 서 있었고, 이마와 눈빛과는 상반되었다. 나는 그의 어두운 갈색 눈이 좋았다. 그것은 자부심과 적대감으로 가득 차 있었다.

나는 말없이 그의 맞은편에 앉았다. 술집에는 우리 외에 아무도 없었다. 그는 나를 쏘아보며 마치 내쫓으려는 듯했다. 그러나 나는 꿋꿋이 버티며 그를 계속 바라보았다. 그러자 그는 성가신 듯이 중얼거렸다.

"뭘 그렇게 빤히 쳐다보는 거야? 뭘 원해?"

"당신에게 원하는 건 없어요," 내가 말했다.

"하지만 당신에게서 이미 많은 것을 얻었어요."

그는 이마를 찡그렸다.

"그래, 음악 광신도인가 보지? 나는 음악에 광신하는 게 역겹다고 생각해."

나는 굴하지 않았다.

"저는 당신이 교회에서 연주하는 걸 여러 번 들었어요," 내가 말했다.

"당신을 귀찮게 하고 싶진 않아요. 그냥 당신에게서 뭔가를 찾을 수 있을 것 같았어요. 정확하게 뭔지 잘 모르겠지만. 하지만 신경 쓰지 마세요! 교회에서 연주하실 때 듣는 것으로 충분해요."

"나는 항상 문을 잠그는데."

"얼마 전에 잊으셨잖아요, 그래서 안에 앉아 있었어요. 그
외에는 밖에 서 있거나 돌 위에 앉아 있었죠."

"그래? 다음 번에는 그냥 들어와, 그게 더 따뜻할 테니까.
하지만 문을 두드려야 해. 세게 두드리고 내가 연주하는 동안
엔 안 돼. 자, 무슨 말을 하려던 거지? 당신은 아주 젊군! 아
마도 학생이겠지. 음악을 전공하나?"

"아니요. 저는 음악을 좋아하지만, 당신이 연주하는 그런
절대적인 음악을 좋아해요. 하늘과 지옥을 흔드는 것 같은
음악. 그 음악이 좋다는 건, 아마도 그것이 도덕적이지 않아
서일 거예요. 다른 모든 것은 도덕적이지만, 저는 그런 것이
아닌 것을 찾고 있어요. 저는 항상 도덕적인 것에 고통받았어
요. 잘 표현하지 못하겠네요. 신과 악마를 동시에 지닌 신이
있어야 한다는 것을 아세요? 그런 신이 있었다고 들었어요."

음악가는 모자를 약간 뒤로 밀고, 어두운 머리카락을 큰 이
마에서 털어내며 나를 뚫어지게 쳐다보고는 얼굴을 탁자 위
로 내밀었다. 그는 조용하고 긴장된 목소리로 물었다.

"당신이 말하는 그 신의 이름이 뭐지?"

"저도 사실 거의 아는 게 없어요, 이름만 알아요. 그 신의
이름은 아브락사스예요."

음악가는 누군가가 엿듣고 있는 것처럼 의심스럽게 주위를 둘러보았다. 그런 다음 나에게 가까이 다가와서 속삭였다.

"내 생각이 맞았군. 당신은 누구지?"

"저는 고등학생이에요."

"아브락사스에 대해 어떻게 알았지?"

"우연히 알게 됐어요."

그는 와인잔이 넘칠 정도로 탁자를 내리쳤다.

"우연히? 헛소리하지 마, 젊은이! 아브락사스에 대해 우연히 알게 되는 법은 없어, 그걸 명심해. 내가 좀 더 말해줄게. 나도 그에 대해 조금은 알고 있어."

그는 잠시 침묵한 후, 의자를 뒤로 물렸다. 내가 기대에 차서 그를 쳐다보자, 그는 얼굴을 찌푸렸다.

"여기서 말하지 말자! 다른 때 하자. 여기, 이거 받아!"

그는 망토 주머니에서 꺼낸 구운 밤을 내게 던져주었다.

나는 아무 말없이 받아서 먹었고, 기분이 좋아졌다.

잠시 후 그는 속삭였다.

"그래, 그에 대해 어떻게 알았지?"

나는 주저하지 않고 그에게 말했다.

"저는 혼자였고, 어찌할 바를 몰랐어요,"라고 나는 말했다.

"그러다가 예전 친구가 생각났어요. 그는 많은 것을 알고 있다고 생각했어요. 저는 새가 세상에서 나오는 그림을 그렸어요. 그걸 그에게 보냈죠. 얼마 후, 거의 잊어버렸을 때, 저는 한 조각의 종이를 받았어요. 거기엔 이렇게 쓰여 있었어요. '새는 알을 깨고 나온다. 알은 세상이다. 태어나려는 자는 하나의 세계를 파괴해야 한다. 새는 신에게 날아간다. 그 신의 이름은 아브락사스다.'"

그는 대답하지 않고, 밤을 까서 와인과 함께 먹었다.

"한 잔 더 할까?" 그가 물었다.

"아니요, 감사합니다. 하지만 저는 술을 별로 좋아하지 않아요." 그는 약간 실망한 듯 웃었다.

"네가 원한다면! 그렇게 해. 이제 그만 가봐!"

다음 번에 나는 오르간 연주가 끝난 후 그와 함께 갔다. 그는 별로 말이 없었다. 그는 나를 오래된 골목의 한 낡고 웅장한 집으로 데려가, 어둡고 황폐한 큰 방으로 이끌었다. 그 방에는 피아노 한 대 외에는 음악과 관련된 것이 없었고, 대신 큰 책장과 책상이 있어서 학구적인 분위기를 풍겼다.

"책이 정말 많군요!" 내가 감탄하며 말했다.

"그 중 일부는 내가 함께 사는 아버지의 도서관에서 가져온 거야. 그래, 학생, 나는 아버지와 어머니와 함께 살고 있지만, 당신을 그들에게 소개할 순 없어. 내 교제가 집에서는 큰 존경을 받지 못해. 나는 타락한 아들이거든. 우리 아버지는 이 도시에서 존경받는 목사이자 설교자야. 그리고 당신이 알아두어야 할 것은, 나는 유망한 아들이었지만 길을 잘못 들어서 좀 미쳐버린 상태라는 거지. 나는 신학을 공부했지만 국가시험 직전에 신학을 그만뒀어. 하지만 나는 여전히 신학을 공부하고 있지. 사람들이 만들어낸 신들은 여전히 나에게 매우 중요하고 흥미롭거든! 지금은 음악가가 되었고, 곧 작은 오르간 연주자 자리를 얻게 될 거야. 그러면 다시 교회에 있겠지."

나는 책장의 책등을 쭉 훑어보았다. 그리스어, 라틴어, 히브리어로 된 제목들이 보였다. 그가 벽 쪽에서 무언가를 꺼내고 있을 때, 나는 그를 바라보았다.

"이리 와봐" 그는 잠시 후 말했다.

"우리 이제 철학을 좀 해볼까? 조용히 입 다물고, 배를 깔고 누워 생각하는 거지."

그는 성냥을 켜서 벽난로에 있는 종이와 장작에 불을 붙였다. 불꽃이 치솟았고, 그는 정성스럽게 불을 지피기 시작했다. 나는 낡은 카펫에 그와 함께 누웠다. 우리는 불꽃을 응시하며, 한 시간 동안 조용히 누워 있었다. 불꽃이 타오르고, 사그라지고, 다시 살아나는 모습을 보며 "불을 숭배하는 것은 그리 어리석은 일이 아니었어." 그가 혼잣말처럼 중얼거렸다.

우리는 그 외에는 아무 말도 하지 않았다. 나는 불꽃에 몰입하여 꿈과 고요 속에 잠겼고, 연기 속에서 형상들을 보았다. 한 번은 깜짝 놀란 적이 있었는데 그가 불속에 송진 조각을 던졌을 때 작은 불꽃이 솟아올랐다. 나는 그 불꽃 속에서 노란 매 머리를 한 새를 보았다. 사그라지는 벽난로의 잿불 속에서 황금빛 실이 망처럼 얽혔고, 문자와 형상들이 나타났다. 얼굴, 동물, 식물, 벌레, 뱀에 대한 기억들이 떠올랐다. 정신차려보니 그는 턱을 주먹에 괸 채 재 속을 깊이 들여다보고 있었다.

"이제 가야 해요." 내가 조용히 말했다.

"그래, 그럼 잘 가, 다시 보자고!" 그는 일어나지 않았다.

등불이 꺼져 있었기 때문에, 나는 어두운 방과 복도, 계단을 더듬거리며 나와야 했다. 거리로 나와서 그 오래된 집을 올려다보았다. 어느 창문에도 불빛이 없었다. 가스등 불빛 아래로 번쩍이는 작은 황동 명패가 문 앞에 있었다. '피스토리우스, 주임목사'라고 쓰여 있었다.

집에 돌아와 저녁 식사를 하고 작은 방에 혼자 앉아 있을 때, 나는 피스토리우스에게서 아브락사스에 대해 아무것도 듣지 못했다는 것을 깨달았다. 우리는 겨우 열 마디도 나누지 않았다. 하지만 나는 그를 방문한 것에 매우 만족했다. 다음번에는 그가 오래된 오르간 음악인 부크스테후데의 파사칼리아를 연주해주기로 약속했다.

오르가니스트 피스토리우스와 함께 어두운 은신처인 그의 방 벽난로 앞에 앉아 있었을 때, 나는 그가 내게 첫 번째 교훈을 주었다는 것을 알지 못했다. 불을 바라보는 것은 나에게 큰 도움이 되었고, 내가 항상 가지고 있었지만 결코 제대로 돌보지 않았던 성향을 강화하고 확증해 주었다. 점차 나는 이 점을 조금씩 깨닫게 되었다.

어린 시절부터 나는 때때로 자연의 특이한 형태를 관찰하는 경향이 있었다. 관찰이 아니라 그들의 고유한 매력과 복잡한, 깊은 언어에 몰두하는 것이었다. 오래된 나무뿌리, 돌 속의 색깔 있는 줄무늬, 물 위에 뜬 기름 얼룩, 유리의 금이 간 모양 등 비슷한 것들은 한때 나에게 큰 매력을 느끼게 했다. 특히 물과 불, 연기, 구름, 먼지, 그리고 눈을 감으면 보이는 원형의 색깔 점들이 그러했다. 피스토리우스를 처음 방문한 후 나는 이것들을 다시 기억해 내기 시작했다. 왜냐하면 나는 그 후로 느낀 자신에 대한 강한 자각과 기쁨, 감정의 고취가 단지 오랜 시간 동안 열린 불꽃을 응시한 덕분이라는 것을 깨달았기 때문이다. 그 행위는 신기하고도 유익한 경험이었다.

지금까지 나의 삶의 진정한 목표를 찾는 과정에서 얻은 몇 안 되는 경험들에 이 새로운 경험이 추가되었다. 이런 형태를 바라보고, 비합리적이고 복잡한 자연의 형태에 몰두하는 것은 우리 내면의 의지와 이러한 형태를 만들어낸 의지가 일치한다는 느낌을 준다. 우리는 곧 그것들이 우리 자신의 변덕이나 창조물이라고 생각할 유혹을 느끼게 된다.

우리는 우리와 자연의 경계가 흔들리고 녹아내리는 것을 보며, 망막에 비치는 이미지가 외부의 인상에서 오는 것인지, 아니면 내부의 것인지 알 수 없는 상태를 경험하게 된다. 이러한 연습을 통해 우리는 스스로가 창조자라는 사실을 깨달게 되고, 우리의 영혼이 세계를 창조하는 데 참여하고 있음을 알게 된다. 실제로 우리와 자연 속에서 활동하는 것은 동일한 하나의 신성이다. 만약 외부 세계가 사라진다면, 우리 중 하나가 그것을 다시 세울 수 있을 것이다. 왜냐하면 산과 강, 나무와 잎, 뿌리와 꽃, 모든 자연의 형상은 우리 안에 미리 형성되어 있으며, 영원의 본질을 가진 우리 영혼에서 비롯된 것이기 때문이다.

몇 년 후 나는 레오나르도 다 빈치의 책에서 이러한 관찰이 확인되는 것을 발견했다. 그는 한 번 이렇게 말했다.

"여러 사람들이 침을 뱉은 벽을 바라보는 것이 얼마나 깊은 영감을 주는지."

그 젖은 벽의 얼룩에서 그는 피스토리우스와 내가 불을 바라보며 느꼈던 것과 같은 감정을 느꼈던 것 같다.

이후 피스토리우스와 만났을때 그는 내게 설명해 주었다.

"우리는 우리 성격의 경계를 너무 좁게 설정해! 우리는 우리 자신을 개별적으로 구분하고 다른 것과 구별되는 것으로만 간주해. 하지만 우리 각자는 세상의 모든 것을 포함하고 있어. 마치 우리의 몸이 물고기 시절과 훨씬 이전의 계통도를 포함하고 있는 것처럼, 우리의 영혼에는 인류의 모든 영혼이 살아왔던 모든 것이 들어 있어. 그리스인, 중국인, 줄루족이 섬긴 모든 신과 악마가 우리 안에 가능성으로, 욕구로, 탈출

구로 존재해. 만약 인류가 단 한 명의 재능 있는 아이를 제외하고 모두 사라진다면, 그 아이는 교육을 받지 않았더라도 모든 것을 다시 찾아낼 거야. 신, 악마, 천국, 율법과 금기, 구약과 신약, 모든 것을 다시 만들어낼 수 있을 거야."

"좋아요," 내가 이의를 제기했다.

"그렇다면 개인의 가치는 무엇이죠? 이미 모든 것을 우리가 가지고 있다면 왜 우리는 여전히 노력해야 하나요?"

"그만해!" 피스토리우스가 격렬하게 외쳤다.

"당신이 세상을 자신 안에 가지고 있는 것과 그것을 알고 있는 것 사이에는 큰 차이가 있어! 미친 사람도 플라톤과 비슷한 생각을 할 수 있고, 학교의 어린 학생도 창조적으로 그노시스주의자나 조로아스터의 신화를 떠올릴 수 있어. 하지만 그는 그것을 몰라! 그가 그것을 모른다면 그는 나무나 돌, 기껏해야 동물일 뿐이지. 그러나 첫 번째 깨달음의 불꽃이 떠오를 때, 비로서 그는 인간이 되는 거야. 길거리에서 걷고 있는 모든 두발 달린 존재들, 직립 보행을 하고 9개월 동안 새끼를 안고 다닌다는 이유만으로 인간으로 간주하지는 않겠지? 많은 사람들이 물고기나 양, 벌레나 거머리, 개미나 벌인 것을 알 수 있잖아! 각자에게는 인간이 될 수 있는 가능성이 있지만, 그 가능성을 인식하고, 그것을 의식적으로 만들기 전까지는 그 가능성이 그들의 것이 아니야."

우리의 대화는 대개 이런 식이었다. 드물게 완전히 새로운 것, 전혀 예상치 못한 것을 가져다주었다. 그러나 가장 평범한 대화조차도 나를 지속적으로 두드리며, 나를 형성하는 데 도움을 주었다. 그것들은 모두 내 껍질을 벗겨내고, 껍질을 깨뜨리도록 도와주었으며, 그때마다 나는 조금 더 높이, 조금 더 자유롭게 머리를 들어올렸다. 그렇게 해서 내 노란 새는 깨진 껍질에서 아름다운 맹금의 머리를 내밀게 되었다.

우리는 자주 서로의 꿈을 이야기하기도 했다. 피스토리우스는 그것들에 대한 해석을 제공할 줄 알았다. 한 가지 특이한 예가 지금 떠오른다. 나는 날 수 있는 꿈을 꾸었는데, 마치 내가 통제할 수 없는 큰 힘에 의해 공중으로 던져진 것처럼 느꼈다. 그 비행의 느낌은 흥분되었으나, 곧 통제할 수 없는 높이로 끌려가는 것에 대한 두려움으로 바뀌었다. 그때 나는 숨을 멈추거나 내쉬는 것으로 내 상승과 하강을 조절할 수 있다는 구원의 발견을 했다.

이에 대해 피스토리우스는 이렇게 말했다.

"당신을 날게 하는 그 힘, 그것은 우리 모두가 가지고 있는 거대한 인간적 자산이야. 그것은 모든 힘의 뿌리와 연결된 느낌이지. 그러나 그 느낌은 곧 두려움을 줘. 그것은 지독히 위험해! 그래서 대부분의 사람들은 날기를 포기하고, 법적 규정을 따라 땅 위를 걷는 것을 선호해. 하지만 당신은 그렇지 않

아. 당신은 훌륭한 청년답게 계속 날아가지, 훌륭한 청년답게. 그리고 봐봐, 당신은 점차 그 능력을 다루는 법을 발견해. 당신을 밀어내는 큰 힘에 더해, 작고 개인적인 힘이 하나 더 생겨. 바로 숨 조절 장치! 이것이 없었다면 우리는 의지 없이 공중으로 날아가버릴 거야. 미친 사람들처럼 말이지. 그들은 땅 위를 걷는 사람들보다 더 깊은 예감을 가지고 있지만, 그것을 다룰 열쇠와 조타 장치가 없어서 끝없는 낙하로 빠져들어. 하지만 당신은 그것을 해내고 있어! 어떻게 해내고 있는지 알아? 당신은 그것을 새로운 기관, 즉 숨 조절 장치로 해내고 있어. 그리고 이제 당신은 자신의 영혼이 얼마나 '개인적인지' 알 수 있을 거야. 당신은 그 장치를 발명한 것이 아니야! 그것은 새로운 것이 아니거든! 그것은 차용된 것이고, 수천 년 동안 존재해왔어. 그것은 물고기의 평형 기관인 부레야. 실제로 오늘날에도 몇몇 보수적인 물고기 종들이 있는데, 그들의 부레는 동시에 일종의 폐로도 작용하고, 경우에 따라 실제로 호흡하는 데 사용될 수 있어. 그러니 당신이 꿈에서 비행용으로 사용한 폐와 정확히 같아!"

그는 나에게 동물학 책을 가져다주었고, 그 구식 물고기들의 이름과 그림을 보여주었다. 그리고 나는 내 안에서 초기 진화 시기의 기능이 살아있음을 묘한 전율과 함께 느꼈다.

여섯 번째 장

야곱의 싸움

여섯 번째 장

야곱의 싸움

내가 이상한 음악가 피스토리우스에게서 아브락사스에 대해 들었던 것을 간단히 다시 이야기할 수는 없다. 그러나 그에게서 배운 가장 중요한 것은 나 자신으로 가는 길에서 또 한 걸음을 내딛는 것이었다. 그때 나는 약 열여덟 살로, 여러 면에서 조숙함을 보이기도 했지만, 또 다른 면에서는 매우 뒤떨어지고 무력하기도 했다. 다른 사람들과 자신을 비교할 때면 자주 교만해지고 자만심에 빠지기도 했지만, 때로는 낙담하고 굴욕감을 느끼기도 했다. 가끔 나는 천재라고 생각했고, 또 때로는 반쯤 미쳤다고 생각했다. 또래들의 기쁨과 삶을 함께 누리지 못했고, 종종 그들과 완전히 분리되어 있는 듯한 절망감에 빠지곤 했다.

피스토리우스는 자신도 특별한 사람이었기 때문에, 내게

자신에 대한 용기와 존경심을 유지하는 법을 가르쳐 주었다. 그는 내 말과 꿈, 상상력과 생각에서 항상 가치 있는 것을 발견하고 그것들을 진지하게 받아들이고 토론하면서 나에게 본보기를 보여주었다.

"당신은 음악을 도덕적이지 않아서 좋아한다고 말했지. 좋아. 하지만 당신도 도덕주의자가 될 필요는 없어! 다른 사람들과 자신을 비교하지 말고, 자연이 당신을 박쥐로 만들었다면 타조가 되려고 하지 마. 가끔은 자신을 별난 사람이라고 생각하고, 다른 길을 걷는 것에 대해 자책할 때가 있어. 그런 건 버려야 해. 불을 보고, 구름을 보고, 당신의 영혼 속에서 예감과 목소리가 들려오기 시작하면, 그 소리에 몸을 맡겨봐. 그리고 선생님이나 아버지 또는 어떤 신에게 마음에 드는지 묻지 마! 그렇게 하면 망치는 거야. 그렇게 하면 땅 위에 발을 붙이고 화석이 되고 말아. 친애하는 싱클레어, 우리의 신은 아브락사스이며, 그는 신이자 사탄이고 밝은 세계와 어두운 세계를 모두 품고 있어. 아브락사스는 당신의 어떤 생각이나 꿈에도 반대하지 않아. 절대 잊지 마. 만약 당신이 완벽하고 정상적이 되면 그는 당신을 떠날 거야. 그리고 그는 자신의 생각을 끓일 새 그릇을 찾아 떠나겠지."

내 모든 꿈 중에서 가장 충실한 것은 그 어두운 사랑의 꿈이었다. 나는 자주 그 꿈을 꾸었다. 문장 위에서 우리의 오래된 집으로 돌아가 어머니를 끌어안으려 했지만, 그 대신에 반은 남성적이고 반은 어머니같은 여성을 껴안게 되었다. 나는 그 여자를 두려워하면서도 강렬한 욕망에 이끌렸다. 그리고 이 꿈은 결코 내 친구에게 이야기하지 못했다. 나는 그에게 모든 것을 털어놓았지만, 이 꿈만은 나만의 비밀, 나만의 피난처로 남겨두었다.

나는 우울할 때면 피스토리우스에게 부흐스테후데의 파사칼리아를 연주해 달라고 부탁하곤 했다. 어두운 저녁 교회에서 나는 이 이상하고 내면에 잠긴 음악에 빠져들었고, 그것은 내 영혼의 목소리에 귀를 기울이게 하는 데 도움이 되었다.

때로는 오르간이 멈춘 후에도 한동안 교회에 남아 높고 뾰족한 창문을 통해 희미한 빛이 비치고 사라지는 것을 지켜보았다.

"내가 한때 신학자였고 거의 목사가 될 뻔했다는 게 웃기지,"라고 피스토리우스는 말했다.

"하지만 그것은 단지 형식적인 실수였어. 성직자가 되는 것이 내 직업이고 목표였지. 단지 내가 너무 일찍 만족해서 아브락사스를 알기 전에 여호와를 섬기게 된 거야. 아, 모든 종교는 아름다워. 종교는 영혼이야. 그것이 기독교 성찬이든 메카로의 순례든 상관없어."

"그러면 목사가 될 수도 있었겠네요."라고 나는 말했다.

"아니, 싱클레어, 아니야. 나는 거짓말을 해야 했을 거야. 우리의 종교는 마치 종교가 아닌 것처럼 실행되고 있어. 마치 이성이 만든 작품인 것처럼 행동하지. 가톨릭 신자가 될 수는 있겠지만, 개신교 목사는 절대 안 되! 정말로 신앙심이 있는 몇몇 사람들, 그런 사람들을 알고 있는데 그들은 문자 그대로의 신앙에 매달리기를 좋아해. 나는 그들에게 그리스도가 한 인물이 아니라, 인류가 영원의 벽에 그려놓은 거대한 그림자, 신화라고 말할 수 없었을 거야. 그리고 교회에 와서 현명한 말을 듣고 싶어 하거나, 의무를 다하려고 하거나, 아무것도 놓치고 싶지 않은 사람들에게는 내가 무엇을 말할 수 있었을까? 그들을 개종시키려 한다고? 하지만 나는 그걸 원하지 않아. 성직자는 개종시키려 하지 않아. 그는 단지 신앙인들, 동지들 사이에서 살고 싶어 하고, 우리가 신을 만드는 감정을 표현하고자 할 뿐이야."

그는 잠시 말을 멈추고, 이어서 말했다.

"우리가 지금 아브락사스라는 이름을 붙인 우리의 새로운 신앙은 아름다워, 친애하는 친구. 그것은 우리가 가진 것 중 가장 소중한 것이야. 그러나 아직은 갓난아기 같지! 그것에게는 아직 날개가 없어. 아, 외로운 종교는 아직 완전한 것이 아니야. 그것은 공동체적이어야 하고, 예배와 황홀경, 축제와 신비의식이 있어야 해..."

그는 생각에 잠기며 조용히 있었다.

"신비의식을 혼자서나 소규모 그룹에서 행할 수는 없나요?" 나는 망설이며 물었다.

"물론 할 수 있어," 그는 고개를 끄덕였다.

"나는 오래전부터 신비의식을 행해왔어. 내가 행한 예배는 알려지면 몇 년 동안 감옥에 갈 만한 것들이야. 하지만 나는 그것이 아직 충분하지 않다는 것을 알고 있지."

갑자기 그는 내 어깨를 툭 쳐서 나는 깜짝 놀랐다.

"싱클레어," 그가 강하게 말했다.

"당신도 신비의식을 가지고 있어. 나는 당신이 나에게 말하지 않은 꿈이 있다는 것을 알아. 내가 그것까지 알 필요는 없어. 그러나 나는 당신에게 한가지 말해줄게. 그 꿈들과 함께 살아가, 그 꿈들을 연기하고, 그 꿈들을 위한 제단을 쌓아! 그것은 아직 완전하지 않지만, 하나의 길이야. 우리가 언젠가, 당신과 나 그리고 몇몇 다른 사람들이 세상을 새롭게 할 수 있을지 그건 두고 봐야 할 일이야. 그러나 우리 내부에서는 매일 그것을 새롭게 해야 해, 그렇지 않으면 우리는 아무것도 아니야. 기억해! 당신은 열여덟 살이야, 싱클레어. 당신은 거리의 창녀들에게 가지 않아. 당신은 사랑의 꿈과 사랑의 소망을 가지고 있어야 해. 어쩌면 그것들이 두려울 수도 있어. 두려워하지 마! 그것들은 당신이 가진 것 중 가장 소중한 것이

야! 나는 그걸 알고 있어. 나도 당신 나이 때 사랑의 꿈을 억
누르면서 많은 것을 잃었어. 그렇게 되면 안 되. 아브락사스
를 알고 있는 사람은 더 이상 그렇게 해서는 안 되. 영혼이 원
하는 것은 두려워해서도, 금기시해서도 안 되."

겁에 질려 나는 반박했다.

"하지만 생각나는 대로 모든 것을 할 수는 없지 않습니까?
누군가가 싫다고 해서 그를 죽일 수도 없잖아요."

그는 내 쪽으로 가까이 다가왔다.

"특정 상황에서는 그것도 가능해. 다만 대부분의 경우 그것
은 잘못된 판단이야. 내 말은 당신이 머릿속에 떠오르는 모든
것을 행동에 옮겨야 한다는 뜻이 아니야. 그렇지만 그러한 생
각들을 쫓아내거나 도덕적으로 판단해서 해롭게 만들지 마.
자신이나 다른 사람을 해치는 대신, 성스러운 마음으로 포도
주를 마시면서 희생의 신비를 생각할 수 있어. 그러한 행위를
하지 않더라도 자신의 욕구와 유혹을 존중하고 사랑으로 대
할 수 있어. 그러면 그 욕구들이 본래의 의미를 드러낼 거야.
모든 욕구는 의미를 가지고 있어. 싱클레어, 만약 또다시 위
험한 생각이나 죄스러운 생각이 떠오를 때, 누군가를 죽이거
나 엄청난 나쁜 짓을 저지르고 싶을 때, 그 순간 그것이 아브
락사스가 당신 안에서 그렇게 꿈꾸는 것임을 기억해! 당신이
죽이고 싶은 사람은 특정 인물이 아니라, 단지 변장된 모습일

184

뿐이야. 우리가 누군가를 미워할 때, 그 사람의 모습 속에서 우리가 미워하는 것은 우리 자신 안에 있는 어떤 무엇이지. 우리 안에 없는 것은 우리를 동요시키지 않아."

피스토리우스의 이 말은 나를 깊이 흔들었다. 나는 대답할 수 없었다. 그러나 나를 가장 강하고 특이하게 감동시킨 것은 피스토리우스의 말과 데미안의 말 사이의 조화였다. 그들은 서로에 대해 아무것도 알지 못했지만, 두 사람 모두 나에게 같은 말을 했다.

"우리가 보는 것들은..." 피스토리우스가 조용히 말했다.

"우리 안에 있는 것들과 같은 것들이야. 우리 안에 있는 현실 외에는 다른 현실이 없어. 그래서 대부분의 사람들은 그렇게 비현실적으로 살아가. 그들은 외부의 이미지들을 진짜 현실로 여기고 자기 내면의 세계를 표현하지 못해. 그게 더 행복할 수도 있겠지. 그러나 일단 다른 것을 알게 되면, 더 이상 다수의 길을 선택할 수 없어. 싱클레어, 다수의 길은 쉽지만, 우리의 길은 어려워. 이제 가야겠다."

며칠 후, 두 번이나 그를 기다렸지만 헛수고 끝에 늦은 저녁에 길에서 그를 만났다. 그는 찬 밤바람에 휘말려 구석을 돌아 나오면서 비틀거리며 완전히 취해 있었다. 나는 그를 부르고 싶지 않았다. 그는 나를 보지 못한 채 지나쳤고, 타오르는 듯한 고독한 눈으로 앞을 응시하며 어두운 곳에서 울리는 소리를 쫓아가는 듯했다. 그는 보이지 않는 실에 끌린 듯, 광적인 동시에 불안한 걸음으로 귀신처럼 걷고 있었고, 나는 그를 따라 한 블록을 따라갔다. 그 후 슬프게도 나는 집으로 돌아와 해결되지 않은 꿈들에 빠졌다.

'그는 이제 자신 안에서 세상을 새롭게 하고 있어.'라고 생각하는 동시에 그 생각이 저속하지만 도덕적이라는 것을 느꼈다. 그의 꿈에 대해 내가 무엇을 알겠는가? 그는 어쩌면 내 불안 속에서 내가 걷는 것보다 그의 취한 상태에서 더 안전한 길을 가고 있을지도 몰랐다.

학교 수업 시간 사이에 쉬는 시간 동안 한 동급생이 내 근처에 자주 오는 것을 눈치챘는데, 나는 그를 전혀 주목하지 않았다. 그는 작고 허약해 보이는 체구에 붉은빛이 도는 금발의 얇은 머리카락을 가진 소년으로, 눈빛과 행동에 뭔가 특이한 점이 있었다. 어느 저녁, 내가 집으로 돌아가는 길에, 그는 골목에서 나를 기다리고 있다가 내가 지나가자 따라와 우리 집 앞에서 멈췄다.

"뭐 필요한 거라도 있어?" 내가 물었다.

"그냥 너랑 한번 얘기해보고 싶었어," 그는 수줍게 말했다. "잠시만 같이 걸어줄래?"

나는 그를 따라갔고, 그가 깊은 흥분과 기대감에 가득 차 있다는 것을 느꼈다. 그의 손이 떨리고 있었다.

"너 혹시 영매술사니?" 그가 갑자기 물었다.

"아니, 크나우어," 나는 웃으며 말했다.

"전혀 아니야. 왜 그런 생각을 했어?"

"그럼 신지학자야?"

"그것도 아니야."

"아, 그렇게 숨기지 마! 나는 네가 뭔가 특별한 게 있다는 걸 알아. 네 눈에서 느낄 수 있어. 나는 네가 영혼들과 교류한다고 확신해. 호기심으로 묻는 게 아니야, 싱클레어. 나도 찾는 사람 중 하나야, 너도 알다시피, 나는 너무 외로워."

"얘기해봐!" 나는 그를 격려했다.

"나는 영혼들에 대해 아는 게 없지만, 나는 내 꿈 속에서 살아. 네가 그걸 느꼈던 거야. 다른 사람들도 꿈 속에서 살지만, 그들의 꿈이 아닌 남의 꿈 속에서 살아. 그게 차이야."

"그래, 그럴지도 몰라," 그는 속삭였다.

"중요한 건 어떤 종류의 꿈 속에서 사느냐는 거야. 혹시 백마법에 대해 들어본 적 있어?"

나는 그렇지 않다고 대답할 수밖에 없었다.

"그건 자기 자신을 통제하는 법을 배우는 거야. 불멸이 될 수도 있고, 마법을 부릴 수도 있어. 너 그런 연습 해봤어?"

그 연습에 대한 내 호기심 어린 질문에 그는 처음엔 비밀스럽게 굴다가 내가 가려고 하자 비로소 입을 열었다.

"예를 들어, 내가 잠들거나 집중하고 싶을 때, 그런 연습을 해. 어떤 것, 예를 들어 한 단어 또는 이름이나 기하학적 도형을 생각해. 그걸 내 안에, 내 머리 속에 아주 강하게 떠올리려고 해. 그게 내 안에 있다고 느낄 때까지. 그러면 그걸 목으로 내려 보내고, 그렇게 계속해서 온몸을 그것으로 채워. 그러면 나는 완전히 단단해지고, 아무것도 나를 방해할 수 없어."

나는 그가 무슨 말을 하는지 어느 정도 이해할 수 있었다. 그러나 그는 아직 마음 속에 다른 말을 품고 있었고, 이상하게 흥분하고 서두르고 있었다. 나는 그가 질문하기 쉽게 분위기를 만들어주었고, 그는 마침내 본론을 꺼냈다.

"너도 금욕적이잖아?" 그가 두려운 듯 물었다.

"그게 무슨 말이야? 성적인 걸 말하는 거야?"

"그래, 맞아. 나는 이제 2년 동안 금욕을 지키고 있어, 이 교리를 알게 된 이후로. 그 전에는 나쁜 짓을 했었거든, 알잖아. 너는 여자를 한 번도 겪어본 적이 없지?"

"아직 없어," 나는 말했다.

"나와 맞는 사람을 찾지 못했어."

"하지만 만약 그 '맞는 사람'을 찾게 되면, 그때는 그녀와 잠자리를 같이 할 거야?"

"그럼, 물론이지. 그녀가 싫어하지 않는다면." 나는 약간 비꼬듯 말했다.

"아, 너는 완전히 잘못된 길로 가고 있어! 내면의 힘을 기르려면 완전히 금욕해야 해. 나는 그걸 2년 동안 지켰어. 2년하고도 한 달 조금 넘게! 너무 힘들어! 가끔은 더 이상 참을 수 없을 것 같아."

"크나우어, 나는 금욕이 그렇게 중요한 것 같지 않아."

"나도 알아," 그는 반박하며 말했다.

"모두가 그렇게 말하지. 하지만 너에게서는 기대하지 않았어. 높은 정신적 길을 가고자 하는 사람은 반드시 순수해야해, 절대적으로!"

"그래, 그럼 그렇게 해! 하지만 왜 성욕을 억제하는 사람이 다른 사람보다 '순수하다'고 해야 하는지 이해가 안 돼. 모든 생각과 꿈에서 성적인 것을 완전히 없앨 수 있어?"

그는 절망적인 눈빛으로 나를 쳐다봤다.

"아니, 전혀! 하느님 맙소사, 하지만 꼭 그래야만 해. 나는 밤에 꿈을 꿔, 그 꿈들을 나 자신에게조차 말할 수 없어! 무서운 꿈들이야, 정말로!"

나는 피스토리우스가 내게 했던 말을 떠올렸다. 하지만 그 말이 옳다고 느끼면서도, 나는 그것을 전달할 수 없었고, 내 경험에서 우러나온 조언이 아니었기 때문에 전달할 자신도 없었다. 나는 침묵했고, 그가 내게 조언을 구하는데도 아무런 도움을 줄 수 없다는 사실에 굴욕감을 느꼈다.

"나는 할 수 있는 모든 것을 해봤어!" 크나우어가 내 옆에서 한탄하며 말했다.

"찬물로, 눈으로, 운동과 달리기로 해봤어, 하지만 아무 소용이 없었어. 매일 밤 꿈에서 깨어나면, 그 꿈들을 생각하는 것조차 할 수 없어. 그리고 끔찍한 것은, 그렇게 하다 보니 내가 정신적으로 배운 모든 것을 점점 잃어버리게 된다는 거야. 거의 집중할 수도 없고, 잠도 못 자. 이렇게는 오래 버틸 수 없어. 결국 이 싸움을 끝까지 할 수 없고, 내가 항복해서 다시 더러워진다면, 나는 처음부터 싸우지 않았던 사람들보다 더 나빠질 거야. 그걸 이해할 수 있어?"

나는 고개를 끄덕였지만, 아무 말도 할 수 없었다. 그는 나를 지루하게 하기 시작했고, 그의 분명한 고통과 절망이 나에게는 깊은 인상을 주지 못한다는 사실에 스스로 놀랐다. 나는 단지 이렇게 느꼈다. '나는 너를 도울 수 없어.'

"그러니까 네가 나에게 해줄 수 있는 게 전혀 없다는 거야?" 그는 결국 지치고 슬픈 얼굴로 말했다.

"전혀 없다는 거야? 분명히 방법이 있을 거야! 너는 어떻게 하고 있는 거야?"

"나는 너에게 아무 말도 해줄 수 없어, 크나우어. 서로 도울 수 있는 방법이 없어. 나 역시 아무도 나를 도와준 사람이 없었어. 너는 스스로를 돌아봐야 해, 그리고 너의 본질에서 진정으로 나오는 것을 해야 해. 다른 방법은 없어. 너 스스로를 찾지 못하면 영혼도 찾을 수 없을 거야. 나는 그렇게 생각해."

실망하고 갑자기 말이 없어진 그는 나를 쳐다보았다. 그러다 그의 눈빛이 갑자기 증오로 불타올랐고, 그는 나를 향해 인상을 찌푸리고 화난 목소리로 외쳤다.

"아, 너도 참 멋진 성인이구나! 너도 나처럼 비슷한 나쁜 짓을 하고 있다는 걸 알아! 너는 현자처럼 행동하지만, 너도 나와 똑같은 더러운 짓에 빠져 있어, 우리 모두와 똑같이! 너도 돼지야, 돼지, 나와 같아. 우리 모두는 돼지야!"

나는 그를 두고 떠났다. 그는 두세 걸음 따라오다가 멈춰서 되돌아가 뛰어갔다. 나는 연민과 혐오감이 섞인 감정으로 메스꺼움을 느꼈고, 집에 돌아와 내 작은 방에서 내 몇 장의 그림을 꺼내어 나만의 꿈에 몰두할 때까지 그 감정에서 벗어나지 못했다. 그러자 내 꿈이 즉시 다시 떠올랐다, 집의 문과 문장, 어머니와 낯선 여인에 관한 꿈이었고, 나는 그 여인의 얼굴을 너무나도 뚜렷하게 보았다. 그래서 나는 그날 밤 그녀의 얼굴을 그리기 시작했다.

며칠 후, 무의식적으로 그린 이 그림이 완성되었을 때, 나는 그것을 저녁에 벽에 걸고, 스탠드를 그림 앞으로 옮기고, 마치 결판을 내야 할 유령 앞에 서 있는 것처럼 그 앞에 섰다. 그 얼굴은 이전의 것과 비슷했고, 내 친구 데미안과 비슷했으

며, 몇몇 특징에서는 나와도 닮아 있었다. 한쪽 눈은 유난히 다른 쪽보다 높게 자리잡고 있었고, 그 시선은 나를 넘어 사라진 듯한 고정된 표정으로, 운명으로 가득 차 있었다.

나는 그 앞에 서서 가슴 속까지 차가워지는 내적 긴장감을 느꼈다. 나는 그 그림에게 물었고, 비난했고, 애무했고, 기도했다. 나는 그것을 어머니라 불렀고, 연인이라 불렀고, 창녀라 불렀고, 아브락사스라 불렀다. 피스토리우스가 했던 말, 아니면 데미안이 했던 말들이 떠올랐다. 언제 들었는지 기억나지 않았지만 다시 들리는 것 같았다. 그것은 야곱이 하나님의 천사와 싸운 이야기와 "나는 당신이 나를 축복하지 않으면 당신을 놓지 않겠습니다"라는 구절에 관한 말들이었다.

램프 불빛 속에서 그려진 얼굴은 내가 부를 때마다 변했다. 밝게 빛나기도 하고, 검고 어둡기도 하며, 죽은 눈 위에 창백한 눈꺼풀이 덮이기도 하고, 다시 눈을 뜨고 불타는 듯한 시선을 보내기도 했다. 그것은 여인이기도 하고, 남자이기도 하고, 소녀이기도 하고, 어린아이이기도 하고, 동물이기도 했다. 때로는 얼룩으로 흐려졌다가 다시 크고 뚜렷해졌다. 마침내 강한 내면의 부름에 따라 나는 눈을 감았고, 이제는 내 안에서 더 강하고 강렬하게 그 그림을 보았다. 나는 그 앞에 무릎을 꿇고 싶었지만, 그것이 너무 내 안에 깊이 자리 잡고 있어서 더 이상 나와 분리될 수 없었고, 마치 그것이 온전히 내가 된 것 같았다.

그때 나는 봄 폭풍 같은 어둡고 무거운 소음을 들었고, 말로 표현할 수 없는 두려움과 새로운 경험의 느낌으로 떨리기 시작했다. 별들이 내 앞에 번쩍였다가 사라졌고, 가장 오래되고 잊혀진 어린 시절의 기억들, 아니 그 이전의 존재와 초기 단계의 기억들이 몰려왔다. 그러나 내 인생의 비밀스러운 부분까지 반복되는 것 같은 기억들은 어제와 오늘에서 끝나지 않고 미래를 반영하며 나를 현재로부터 끌어내어 밝고 눈부신 새로운 생명의 형태로 이끌었다. 하지만 나중에는 그 어느 것도 정확히 기억할 수 없었다.

밤에 깊은 잠에서 깨어났을 때, 나는 옷을 입은 채 침대 위에 비스듬히 누워 있었다. 나는 불을 켜고, 중요한 것을 기억해야 한다는 느낌이 들었지만, 그 전에 있었던 일들은 아무것도 기억나지 않았다. 나는 불을 켰고, 기억이 서서히 되살아나기 시작했다. 나는 그림을 찾았지만 그것은 더 이상 벽에 걸려 있지 않았고, 책상 위에도 없었다. 그러다 어렴풋이 내가 그것을 태웠다는 생각이 들었다. 아니면 내가 그것을 손에 쥔 상태로 태우고 재를 먹었다는 꿈을 꾸었을까?

커다랗게 떨리는 불안감이 나를 휩쓸었다. 나는 모자를 쓰고 집과 골목을 걸으며 마치 억지로 하는 것처럼 거리를 뛰었고 광장을 가로지르며 폭풍에 휩쓸린 것처럼 달렸다. 나는 친구의 어두운 교회 앞에서 귀를 기울였고, 무엇을 찾는지도 모른 채 어둠 속에서 무언가를 찾고 또 찾았다. 나는 외곽 지역으로 가서 매춘업소들이 있는 곳을 지나쳤는데 그곳은 여기저기 불빛이 아직 켜져 있었다. 더 멀리에는 새로 지은 건물들과 부분적으로 회색 눈에 덮인 벽돌 더미가 있었다. 꿈을 꾸는 듯한 상태에서 낯선 기운에 이끌려 이 황무지를 지나가다 보니, 고향에서 처음으로 나를 괴롭혔던 크로머가 끌고 갔던 신축 건물이 떠올랐다. 비슷한 건물이 진회색의 어두움 속에 나를 향해 검은 문구멍을 벌리고 있었다. 나는 그 안으로 끌려 들어가고 싶지 않았지만, 모래와 잔해에 걸려 넘어졌다. 그 충동이 너무나 강해서 들어가야만 했다.

판자와 부서진 벽돌을 넘어 황량한 공간으로 비틀거리며 들어갔고, 축축한 추위와 돌 냄새가 희미하게 풍겼다. 모래 더미가 있었고, 그것은 회색의 밝은 점이었지만, 다른 모든 것은 어두웠다.

그때 누군가가 공포에 질린 목소리로 나를 불렀다.

"싱클레어, 제발, 너 여기서 뭐하고 있는 거야?"

그리고 어둠 속 내 옆에서 사람이 일어섰다. 작은 마른 녀석, 마치 유령처럼, 그제서야 나는 머리카락이 쭈뼛 서는 기분을 느끼며 학교 친구 크나우어라는 것을 알아챘다.

"어떻게 여기 오게 된 거야?" 그는 흥분해서 거의 미친 듯

이 물어보았고 나는 이 상황을 이해할 수 없었다.

"어떻게 나를 찾았어?"

"난 널 찾지 않았어." 나는 멍하게 대답했다.

갑자기 단어를 말하는 것이 힘들었고, 죽은 듯 무겁고, 얼어붙은 입술을 통해 힘겹게 나왔다. 그는 나를 바라보았다.

"찾지 않았다고?"

"그래. 무언가가 나를 이끌었어. 네가 나를 불렀니? 분명히 네가 나를 불렀어야 했어. 여기서 뭐하는 거야? 지금 밤이잖아." 그는 얇은 팔로 나를 경련하듯 감싸 안았다.

"그래, 밤이야. 곧 아침이 올 거야. 오, 싱클레어, 네가 나를 잊지 않다니! 고마워, 나를 용서할 수 있겠니?"

"무슨 일인데?"

"아, 나는 정말 추악했어!" 이제서야 우리의 대화가 기억나기 시작했다.

그게 사흘, 나흘 전이었나? 그 이후로 시간이 꽤 흐른 것 같았다. 하지만 지금 모든 것이 갑자기 선명해졌다. 우리 사이에 일어났던 일 뿐만 아니라, 내가 왜 여기 왔는지, 그리고 크나우어가 여기서 무엇을 하려 했는지도 알았다.

"그래서 자살하려고 했던 거야, 크나우어?" 그는 추위와 두려움에 몸을 떨었다.

"응, 그랬어. 할 수 있을지 모르겠어. 아침이 올 때까지 기다리려 했어." 나는 그를 바깥으로 끌어냈다.

첫 번째 수평의 빛줄기가 회색 하늘 속에서 이루 말할 수 없이 차갑고 무기력하게 빛났다. 나는 그 소년을 팔로 끌어안고 한참을 걸었다. 내 안에서 맴돌던 소리가 나왔다.

"이제 집으로 가. 아무에게도 말하지 마. 넌 잘못된 길을 갔어, 잘못된 길! 우린 네가 생각하는 그런 돼지가 아니야. 우리는 인간이야. 우리는 신을 만들고, 그들과 싸우고, 그들은 우리를 축복해."

우리는 침묵 속에 계속 걸었고 ,마침내 헤어졌다. 내가 집에 도착했을 때에는 이미 날이 밝아 있었다.

그 시기에 나에게 가장 큰 의미를 준 것은 피스토리우스와 함께 오르간을 연주하거나 벽난로 앞에서 보낸 시간들이었다. 우리는 함께 아브락사스에 관한 그리스어 텍스트를 읽고, 베다의 번역본 일부를 낭독하며, 성스러운 "옴"을 발음하는 법을 배웠다. 그러나 나에게 진정으로 도움이 되었던 것은 이런 학문적인 지식이 아니라 오히려 그 반대였다. 나를 성장하게 한 것은 내 자신 안에서 앞으로 나아가는 발견, 내 자신의 꿈과 생각, 예감을 점점 더 신뢰하게 되는 것, 그리고 내 안에 있는 힘을 점점 더 알아가는 것이었다.

피스토리우스와 나는 모든 면에서 잘 통했다. 그를 강하게 생각하기만 하면, 그가 나에게 오거나 그의 인사가 도착한다는 것을 확신할 수 있었다. 데미안과 마찬가지로 그가 그 자리에 있지 않더라도 무언가를 물어볼 수 있었다. 단지 그를 강하게 상상하고 내 질문을 강렬한 생각으로 그에게 보내기만 하면 되었다. 그러면 그 질문에 담긴 모든 영혼의 힘이 답변으로 내게 돌아왔다. 그러나 내가 상상한 것은 피스토리우스의 모습도, 막스 데미안의 모습도 아니었다. 내가 부르는 것은 내 꿈과 그림 속의 모습, 내 자신을 표현하고 강화한, 남성과 여성의 특징을 가진 내 악마의 모습이었다. 이제 그 모습은 더 이상 내 꿈속에만 있는 것이 아니라, 내 안에서 나의 바람과 나 자신을 고취시키는 존재로 살아 있었다.

미수에 그친 자살 시도 이후 크나우어와의 관계는 독특하고 때로는 우스꽝스러웠다. 그 밤 이후로 그는 충실한 하인이나 개처럼 나에게 매달리며 자신의 삶을 나의 삶에 연결하고 맹목적으로 나를 따랐다. 그는 가장 이상한 질문과 소망을 가지고 나에게 왔으며, 귀신을 보고 싶어하거나 카발라를 배우고 싶어했다. 내가 그런 것들에 대해 아무것도 모른다고 확신시켜도 그는 믿지 않았고 그는 나에게 모든 힘이 있다고 생각했다. 그런데 이상하게도, 그의 엉뚱하고 어리석은 질문들이 오히려 내가 해결해야 할 어떤 문제를 풀어나가게 하는 계기가 되었다. 그의 변덕스러운 생각과 요구들은 종종 내가 해결책을 찾는 데 힌트가 되었고, 때로 나에게 귀찮게 굴어서 그를 쫓아내기도 했지만, 그는 나에게 보내진 존재라는 것을 느꼈다. 그의 존재로부터 내가 그에게 준 것이 배가되어 나에게 돌아왔고, 그도 나에게 길을 제시하는 존재였거나 최소한 하나의 길이었다. 그가 가져온 이상한 책들과 문서들은 그 때는 이해하지 못했지만 나를 더 많이 가르쳐 주었다.

이후 크나우어는 내 삶에서 조용히 사라졌다. 그와의 관계를 정리할 필요는 없었다. 그러나 피스토리우스와는 이야기가 달랐다. 내 삶은 그와의 관계에서 특별한 경험을 했다.

심지어 가장 평범한 사람들도 인생에서 한 번쯤은 경건과 감사의 미덕과 충돌하게 된다. 누구나 한 번은 아버지나 스승으로부터 자신을 떼어놓는 발걸음을 내디뎌야 하며, 모두가 어느 정도의 외로움을 느껴야 한다. 비록 대부분의 사람들은 이를 견디지 못하고 다시 안전한 곳으로 돌아가지만 말이다. 나는 부모와 그들의 세계, 내 아름다운 어린 시절의 '밝은 세계'와의 관계에서 격렬한 싸움 없이 서서히 멀어졌고, 그들에게 점점 더 낯설어졌다. 그것은 나에게 슬픔을 안겨주었고 고향을 방문할 때마다 종종 쓰라린 시간을 보내게 되었다. 그러나 그것은 견딜 만한 것이었다.

그러나 우리가 습관이 아니라 진심으로 사랑과 존경을 바쳐왔던 곳, 우리가 진정한 마음으로 제자와 친구가 되어왔던 곳에서 갑자기 우리의 마음이 사랑하는 사람으로부터 멀어지려 한다는 것을 깨닫게 된다면, 그 순간은 쓰리고 끔찍한 순간일 것이다. 그때는 친구와 스승을 거부하는 모든 생각이 독이 된 가시처럼 우리의 마음을 찌르고, 그 방어의 일격이 우리의 얼굴을 치게 된다. 자신이 올바른 도덕을 지니고 있다고 생각했던 사람에게 '배신'과 '배은망덕'이라는 말들이 치욕스럽고 잔인하게 다가온다. 두려움에 빠진 마음은 어린 시절의 소중한 덕목들로 돌아가려 하지만, 결국 이 결별도 필요하다는 것을 믿지 못한다.

시간이 흐르면서 나는 점점 피스토리우스를 절대적인 지도자로 인정하는 것에 반감을 가지게 되었다. 젊은 시절 가장 중요하게 경험했던 것은 그와의 우정, 조언, 위로, 존재였다. 그를 통해 신이 나에게 말을 걸었고, 그의 입을 통해 내 꿈들이 명료하게 해석되어 돌아왔다. 그는 나에게 나 자신에 대한 용기를 주었다. 그런데 이제 나는 그에게서 점점 더 반감을 느끼기 시작했다. 그의 말 속에서 너무 많은 가르침을 들었고, 그가 나의 일부만을 이해하고 있다는 것을 느꼈다.

우리는 서로 다투거나 결별하지 않았다. 나는 그에게 단 한마디, 사실 아무렇지도 않은 말을 했을 뿐이었지만, 그때가 우리 사이의 환상이 산산조각 나는 순간이었다.

예감은 이미 나를 짓누르고 있었다. 그것이 분명한 느낌으로 다가온 것은 어느 일요일 그의 오래된 연구실에서였다. 우리는 바닥에 누워 불을 쬐고 있었고, 그는 자신이 연구하고 있는 신비와 종교 형태에 대해 이야기했다. 그러나 나에게는 그것이 생명과 관련된 것이라기 보다는 호기심을 자극하는 흥미로운 이야기처럼 들렸다. 그것은 나에게 학문적인 것처럼 들렸고, 옛 세계의 잔해들 속에서 지친 탐구처럼 느껴졌다. 그리고 갑자기 나는 이 모든 것, 이 신화의 숭배, 전통적인 신앙 형태와의 놀음에 대한 반감을 느꼈다.

"피스토리우스," 나는 갑자기 말했다.

그 말은 나 자신에게도 놀라운 악의와 함께 터져 나왔다.

"당신이 그날 밤에 꾼 꿈, 진짜 꿈을 다시 한번 말해주세요. 당신이 하는 말은 너무 고리타분해요."

그는 나에게서 그런 말을 들어본 적이 없었고, 나 자신도 그 순간 내가 쏜 화살이 그의 마음을 꿰뚫었음을 느꼈다. 그것은 내가 그에게서 들었던 자기비판적인 말들을 악의적으로 되돌려주는 것이었다.

그는 즉시 알아차렸고, 곧바로 조용해졌다. 나는 두려움에 그를 보았고, 그의 얼굴이 끔찍하게 창백해지는 것을 보았다.

긴 침묵 끝에 그는 새 장작을 불에 던지며 조용히 말했다.

"네 말이 맞아, 싱클레어. 너는 똑똑한 아이야. 내가 이 고리타분한 이야기로 너를 더 이상 지겹게 하지 않을게."

그는 매우 차분하게 말했지만, 나는 그의 목소리에서 상처의 아픔을 들을 수 있었다. 내가 무슨 짓을 한 거지!

나는 눈물이 나올 것 같았고, 그에게 진심으로 사과하며, 내 사랑과 감사의 마음을 전하고 싶었다. 감동적인 말들이 떠올랐지만 차마 그것을 말할 수 없었다. 나는 그대로 누워서 불을 바라보며 침묵했고, 그도 역시 침묵했다. 그렇게 우리는 누워 있었고, 불은 점점 작아지고 사라졌다. 희미해지는 불꽃과 함께 다시는 돌아오지 않을 아름답고 소중한 무언가가 사라지고 있다는 것을 느꼈다.

"제가 당신을 오해한 것 같아요." 나는 마침내 매우 억눌린 듯한 건조하고 쉰 것 같은 목소리로 말했다. 그 어리석고 무의미한 말들이 마치 신문 소설을 읽는 것처럼 기계적으로 내 입에서 나왔다.

"난 너를 이해해," 피스토리우스는 조용히 말했다.

"네 말이 맞아," 그는 잠시 기다렸다가 천천히 말을 이었다. "사람이 다른 사람에게 옳을 수 있는 한에서 말이지."

'아니, 아니야, 내가 틀렸어!' 내 안에서 외쳤다. 그러나 아무 말도 할 수 없었다. 나는 내 작은 말 한마디로 그의 본질적인 약점인 그의 고통과 상처를 지적했다는 것을 알았다. 나는 그가 스스로 의심해야 할 지점을 건드린 것이었다. 그의 이상은 '고리타분한' 것이었고, 그는 과거로 돌아가는 탐구자였으며 낭만주의자였다. 그리고 갑자기 느꼈다. 피스토리우스가 내 곁에 있어주고 나에게 주었던 모든 것은 그 자신에게는 줄 수 없다는 것을. 처음에 그는 나를 이끌어 주었지만, 그 자신도 그 길을 넘어야 하고 떠나야 했다.

도대체 어떻게 그런 말을 하게 되었는지 모르겠다! 나는 전혀 나쁘게 말하려고 하지 않았고, 어떤 재앙이 있을 거란 생각도 하지 않았다. 나는 그저 즉흥적으로 말했을 뿐인데, 그것이 운명이 되어버렸다. 나는 작지만 부주의한 무례를 저질렀고, 그에게는 그것이 심판이 되어버렸다.

그때 나는 그가 화를 내고, 나를 비난하고, 나에게 소리치기를 바랐다! 하지만 그는 아무것도 하지 않았다. 그 모든 것을 내 안에서 스스로 해야 했다. 그는 웃을 수 있었다면 웃었을 것이다. 그러나 그가 웃을 수 없다는 사실로 내가 그를 얼마나 깊이 상처 입혔는지 알게 되었다.

피스토리우스는 내게서 받은 그 충격을 소리 없이 받아들였다. 그는 침묵하며 내 말에 동의했다. 그는 내 말을 운명으로 받아들였고, 그 일로 인해 나 자신을 경멸하게 했고, 나의 경솔함을 더욱 크게 느끼게 만들었다. 나는 강하고 방어할 수 있는 사람을 공격했다고 생각했는데, 그는 조용히 받아들이며 저항하지 않는 사람이었다.

우리는 오랫동안 타들어가는 불 앞에 누워 있었다. 불꽃 하나하나가 나에게 피스토리우스와 함께했던 행복하고 아름답고 풍요로운 순간들을 떠올리게 했다.

그 순간들이 쌓여가며 피스토리우스에 대한 나의 의무를 더욱 크게 만들었다. 마침내 나는 견딜 수 없었다. 나는 일어나서 나갔다. 그의 방 문 앞에서, 어두운 계단에서 그리고 집 밖에서 오랫동안 서 있었다. 그가 나를 따라올까 기다리면서 계속 걸어 다녔다. 몇 시간 동안 도시와 교외, 공원과 숲을 걸었다. 그날 저녁이 되어서야 멈췄다. 그리고 그때 처음으로 나는 내 이마에 카인의 표식을 느꼈다.

천천히 나는 생각에 잠겼다. 내 모든 생각은 나를 비난하고 피스토리우스를 변호하려 했다. 그러나 모든 생각은 반대로 끝났다. 나는 수천 번 나의 빠른 말을 후회하고 철회하고 싶었다. 그러나 그것은 진실이었다. 이제야 나는 피스토리우스를 이해하게 되었고, 그의 꿈 전체를 볼 수 있게 되었다. 그의 꿈은 성직자가 되어 새로운 종교를 선포하고, 새로운 형식의 숭배와 사랑, 경배를 제공하며, 새로운 상징을 세우는 것이었다. 그러나 그것은 그의 힘이 아니었다, 그것은 그의 임무가 아니었다. 그는 과거에 너무 깊이 머물러 있었고, 그는 너무 많은 옛것들을 알고 있었다. 그는 이집트, 인도, 미트라스, 아브락사스에 대해 너무 많이 알고 있었다. 그의 사랑은 이미 이 땅에 존재한 이미지들에 묶여 있었고, 그는 마음속으로 새로운 것은 신선한 땅에서 솟아나야 하며, 수집품과 도서관에서 나와야 하는 것이 아님을 알고 있었다. 그의 임무는 그가 나에게 해준 것처럼, 아마도 사람들을 자기 자신으로 이끄는 것이었을 것이다. 그러나 그들에게 새로운 신을 주는 것이 그의 임무는 아니었다.

그리고 이 순간 갑자기 깨달음이 날카로운 불꽃처럼 내게 다가왔다. 모든 사람에게는 저마다의 '임무'가 있었지만, 누구도 스스로 선택하거나 마음대로 조정할 수 있는 임무는 없었다. 새로운 신들을 만들겠다는 것은 잘못된 것이었다. 세상에 무언가를 주려고 하는 것도 완전히 잘못된 것이었다! 깨어난 사람들에게는 단 하나의 의무가 있을 뿐이었다. 자신을 찾고, 자신의 길을 탐색하며, 그 길이 어디로 이끌든 간에 자신을 단단히 지키는 것이었다. 이 깨달음은 나를 깊이 뒤흔들었고, 이 경험에서 얻은 가장 중요한 교훈이었다.

나는 종종 미래의 모습들을 상상하며 놀았고, 시인이나 예언자, 화가 등의 역할을 꿈꾸기도 했다. 하지만 그 모든 것은 아무것도 아니었다. 나는 시를 쓰기 위해, 설교를 하기 위해, 그림을 그리기 위해 존재하는 것이 아니었다. 나뿐 아니라 다른 누구도 그런 존재가 아니었다. 모든 것은 부차적인 것이었다. 각자에게 진정한 소명은 오직 하나였고 바로 자신이 되는 것이었다. 그가 시인으로 끝나든 미치광이로 끝나든, 예언자로 끝나든 범죄자로 끝나든 그것은 중요하지 않았다. 중요한 것은 자신의 운명을 온전히 찾고, 끊임없이 살아내는 것이었다. 다른 모든 것은 불완전한 것이었고, 도망치려는 시도였으며, 대중의 이상으로 돌아가는 것이었고, 자신의 내면을 두려워하는 것이었다. 어쩌면 이미 여러 번 말했을지도 모르지만, 수백 번 직감적으로 느꼈고, 새로운 모습으로 나타났던 그것을 이제야 비로소 경험한 것이었다.

나는 자연의 하나의 던져진 존재였고, 불확실성 속으로 던져진 존재였으며, 새로운 것으로 향할 수도 있고 아무것도 아닐 수도 있는 존재였다. 내 안의 깊은 곳에서 비롯된 존재를 본능적으로 느끼고, 그것을 나의 것으로 만드는 것이 나의 소명이었다. 그것만이 전부였다! 나는 이미 많은 고독을 겪어봤다. 이제 나는 더 깊은 고독이 있다는 것을 예감했고 그것이 불가피하다는 것을 알았다. 나는 피스토리우스와 화해하려고 시도하지 않았다. 우리는 친구로 남았지만 관계는 변했다. 오직 한 번, 우리가 그 일에 대해 이야기했었는데 그것도 사실 그가 이야기한 것이었다.

"내가 성직자가 되고 싶어한다는 것을 당신은 알고 있을 거야. 나는 우리가 어렴풋이 느끼는 새로운 종교의 성직자가 되고 싶었어. 하지만 나는 결코 그렇게 될 수 없다는 것을 알고 있었지. 오래전부터 알고 있었지만 완전히 인정하지는 못했어. 나는 아마 다른 성직자 역할을 할 것이고, 어쩌면 오르간

207

을 연주할 수도, 아니면 다른 방식으로 할 수도 있어. 그러나 나는 항상 아름답고 신성하다고 느끼는 것들로 둘러싸여 있어야 해. 오르간 음악과 신비, 상징과 신화, 나는 그것이 필요하고 포기할 수도 없어. 그것이 나의 약점이야. 나도 알아, 싱클레어, 때로는 그런 욕망을 가지면 안 된다는 것을, 그것들이 사치와 약점이라는 것을 말야. 더 크고 더 옳은 것은 단순히 운명에 자신을 맡기고 아무런 조건 없이 사는 것이야. 하지만 나는 그럴 수 없어, 그것이 내가 할 수 없는 유일한 것이야. 어쩌면 너는 언젠가 그렇게 할 수 있을지도 몰라. 하지만 그것은 어려워, 그것은 정말로 어렵고 유일한 것이야. 싱클레어, 나는 종종 그런 꿈을 꾸었지만, 나는 할 수 없어. 나는 완전히 벌거벗고 외롭게 서 있을 수 없어. 나도 약하고 불쌍한 강아지같은 존재야. 따뜻함과 음식이 필요하고, 가끔은 같은 종족의 사람들과의 접촉이 필요해. 진정으로 자신의 운명 외에 아무것도 원하지 않는 사람은 더 이상 동료가 없고, 완전히 혼자이며, 차가운 우주 공간만을 둘러싸고 있어. 알다시피, 그것은 겟세마네 동산의 예수야. 십자가에 못 박히기를 기꺼이 원한 순교자들이 있었지만, 그들 또한 영웅이 아니었고 해방되지도 않았어. 그들 역시 익숙하고 고향 같은 것을 원했어. 그들에게는 롤모델이 있었고, 그들에게는 이상이 있었어. 하지만 오직 운명만을 원하는 사람은 더 이상 롤모델이

나 이상이 없고, 애정 어린 것도, 위안이 되는 것도 없어! 그리고 그 길을 가야만 해. 나 같은 사람들과 당신은 꽤 외롭지만, 우리는 아직 서로를 필요로 하고, 남들과 다르다는 비밀스러운 만족감, 반항하려는 마음, 비범한 것을 원하려는 마음이 있어. 하지만 만약 누군가가 완전히 그 길을 가고 싶다면, 그는 혁명가가 되거나, 롤모델이 되거나, 순교자가 되려고 해서는 안 돼. 상상할 수 없는 일이야."

그래, 상상할 수 없는 일이었다. 하지만 꿈꿀 수 있었고, 예감할 수 있었고, 직감할 수 있었다. 나는 그것을 조용한 시간에 몇 번 느꼈다. 그때 나는 내 안을 들여다보고 운명의 모습과 마주했다. 그 눈빛은 지혜로 가득할 수도, 광기로 가득할 수도, 사랑을 빛낼 수도, 깊은 악의를 품을 수도 있었다. 하지만 그것은 중요하지 않았다. 그 중 아무것도 선택할 수 없었고, 아무것도 원할 수 없었다. 오직 나 자신만을 원할 수 있었고, 오직 자신의 운명만을 원할 수 있었다. 피스토리우스는 나를 이 길로 인도한 안내자였다.

그 시절, 나는 눈이 먼 사람처럼 돌아다녔다. 내 안에서 폭풍이 휘몰아쳤고, 모든 발걸음은 위험으로 가득했다. 나에게는 앞에 펼쳐진 끝없는 어둠만 보였고, 그 안으로 모든 길이 사라져 내려갔다. 그리고 내 안에서는 나의 운명이 담긴 데미안과 닮은 안내자의 모습이 보였다.

나는 종이에 적었다.

'안내자가 나를 떠났다. 나는 완전히 어둠 속에 있다. 나는 혼자서 한 발자국도 나아갈 수 없다. 도와줘!'

그것을 데미안에게 보내려고 했지만, 매번 할 때마다 어리석고 무의미해 보였다. 하지만 나는 그 작은 기도를 외우고 자주 마음속으로 읊조렸다. 그것은 매시간 나를 따라다녔다. 나는 기도가 무엇인지 예감하기 시작했다.

나의 학교 생활은 끝났다. 나는 방학 동안 여행을 하기로 했고, 그 후 대학에 가기로 했다. 어느 학부로 가게 될지는 몰랐다. 철학 수업을 한 학기만 허락받았는데, 다른 어떤 학부라도 나는 만족했을 것이다.

일곱 번째 장

에바부인

일곱 번째 장

에바부인

방학 동안, 몇 년 전 막스 데미안이 어머니와 함께 살았던 집을 찾아갔다. 정원에서 산책 중인 나이 든 여인에게 말을 걸어 보니 그녀가 그 집의 주인임을 알게 되었다. 나는 데미안 가족에 대해 물었다. 그녀는 그들을 잘 기억하고 있었지만 현재 그들이 어디에 살고 있는지는 몰랐다. 내 관심을 눈치챈 그녀는 나를 집 안으로 데리고 가서 가죽 앨범을 꺼내 데미안 어머니의 사진을 보여주었다. 나는 그녀를 거의 기억할 수 없었지만, 작은 사진을 보자 심장이 멈추는 듯한 느낌이 들었다. 그건 내 꿈속의 모습이었다! 바로 그녀였다, 큰 키에 거의 남성적인 여성, 아들과 닮았고, 모성애와 엄격함, 깊은 열정을 가진 아름답고 유혹적이며, 가까이할 수 없는 운명과 사랑의 대상인 그 모습이었다. 바로 그녀였다!

내 꿈속의 모습이 현실에 존재한다는 사실을 알게 된 것은 마치 기적과 같았다! 그녀와 닮은 여자가 실제로 존재했고, 내 운명의 모습을 지닌 여자가 실제로 존재하다니! 그녀는 어디에 있을까? 어디에? 그녀는 데미안의 어머니였다!

나는 바로 여행을 떠났다. 아주 이상한 여행! 끊임없이 장소를 옮겨 다니며, 이 여자를 찾기 위해 모든 직감을 따랐다.

복잡한 꿈을 꾸듯 외국 도시의 거리를 지나 기차역을 거쳐 그녀를 닮았거나, 그녀를 떠올리게 하는 수많은 인물들을 만난 날들이 있었다. 어떤 날은 내 탐색이 헛된 것임을 깨달았는데 공원, 호텔 정원, 대기실에 앉아 다시 내면을 들여다보고 그녀의 모습을 떠올리려 했다. 그러나 그녀의 모습은 부끄러워하며 도망치는 듯했다. 나는 잠을 잘 수 없었는데 오직 기차를 타고 낯선 풍경을 지나면서 잠깐 눈을 붙일 수 있었다. 한 번은 취리히에서 어떤 여자가 나를 따라왔다. 예쁘고 조금은 뻔뻔한 여인이었는데 나는 거의 그녀를 거들떠보지 않았고, 마치 공기처럼 지나쳤다. 다른 여자에게 관심을 주기보다는 차라리 죽고 싶었다.

나는 내 운명이 나를 끌어당기고 있음을 느꼈고, 그 성취가 가까이 있음을 느꼈지만, 내가 할 수 있는 일이 없다는 사실에 미쳐버릴 것 같았다. 한 번은 기차역에서, 아마 인스부르크였을 것이다. 떠나가는 기차 창문에 그녀를 닮은 모습을 본 후 며칠 동안 불행했다. 그러던 어느 날 밤, 꿈속에 다시 그녀의 모습이 나타났고 나는 내 행동의 무의미함을 느끼며 부끄러움과 공허함으로 깨어났다. 그리고 곧장 집으로 돌아왔다.

몇 주 후, 나는 H.대학에 등록했다. 모든 것이 실망스러웠다. 철학사의 강의는 무의미했고 마치 공장에서 찍어낸 것 같았으며, 학생들의 행동 역시 마찬가지였다. 모두가 똑같이 행동했고, 얼굴에 가득한 열띤 즐거움은 비참하게도 공허하고 인위적인 것처럼 보였다. 그러나 나는 자유로웠고, 하루 종일 나만의 시간을 보냈다. 도시 외곽의 오래된 건물에서 조용하고 아름답게 살았고, 책상 위에는 니체의 책이 몇 권 놓여 있었다. 나는 니체와 함께 살며, 그의 고독한 영혼을 느끼고, 그를 멈출 수 없게 몰아가는 운명을 감지했고, 그와 함께 고통받으며, 그렇게 타협 없이 자신의 길을 갔던 그가 있었다는 사실에 행복했다.

늦은 저녁, 가을 바람에 휘날리며 도시를 산책하다가, 술집에서 노래 부르는 학생들의 소리를 들었다. 열린 창문으로 담배 연기가 구름처럼 피어오르고, 노래 소리가 크고 단호하게 들려왔지만, 무미건조하고 생기 없는 모습이었다.

나는 한 거리 모퉁이에 서서 두 술집에서 울려 퍼지는 청년들의 틀에 박힌 명랑함을 들었다. 어디에나 공동체 의식, 어디에나 함께 모여 앉아 운명을 내려놓고 따뜻한 무리 속으로 도망치는 모습이었다!

내 뒤로 두 남자가 천천히 지나갔고 나는 그들의 대화를 우연히 듣게 되었다.

"이거 마치 흑인 마을의 젊은이들 집 같지 않습니까?" 한 남자가 말했다.

"모든 것이 맞아떨어지는군요. 심지어 문신도 여전히 유행이죠. 보세요, 이게 바로 젊은 유럽입니다."

그 목소리는 나에게 특이하면서도 익숙하게 들렸다. 나는 어두운 골목에서 그들을 따라갔다. 그 중 한 명은 일본인이었는데, 작고 우아한 모습이었으며 가로등 아래 그의 노란 미소 띤 얼굴이 빛나고 있었다.

그때 다시 다른 사람이 말했다.

"글쎄요, 일본도 별반 다르지 않을 겁니다. 무리에서 벗어나는 사람들은 어디서나 드물긴 합니다. 여기에도 그런 사람들이 있죠."

그의 한마디 한마디가 나를 기쁨과 두려움에 떨게했다. 나는 그 목소리를 알아차렸다. 바로 데미안이었다. 바람 부는 밤에 나는 그와 일본인을 따라 어두운 골목길을 걸으며 그들의 대화를 들었고, 데미안의 목소리를 즐겼다. 그의 목소리는 예전 그대로였고, 여전히 아름다웠으며, 확고한 자신감과 평온함은 여전히 나에게 강한 영향을 미쳤다. 이제 모든 것이 잘 될 것 같았다. 결국 나는 그를 찾았다. 거리 외곽의 끝에서 일본인은 그와 작별 인사를 했다. 데미안은 길을 되돌아왔고, 나는 도로 한가운데서 멈춰 서서 그를 기다리고 있었다. 그가 다가오는 모습을 보니 가슴이 두근거리기 시작했다. 그는 곧 게 서서 탄력 있는 걸음으로, 갈색 가죽 외투를 입고 얇은 지 팡이를 팔에 걸친 채로 다가왔다. 그는 걸음을 멈추지 않고 나에게 다가와 모자를 벗고, 결연한 입술과 넓은 이마에 특유 의 빛이 나는 옛날의 얼굴을 보여주었다.

"데미안!" 나는 외쳤다.

그는 손을 내밀며 "그래, 너 여기 있었구나, 싱클레어! 나는 너를 기다리고 있었어."

"내가 여기 있는 걸 알고 있었어?"

"정확히 알고 있던 건 아니지만, 확신하고 있었어. 오늘 저 녁에야 처음으로 널 봤어. 너는 우리를 계속 따라왔잖아."

"너는 나를 바로 알아봤구나?"

"물론이지. 너는 변했지만, 여전히 그 표식을 가지고 있어."

"표식? 어떤 표식?"

"우리는 예전에 그것을 '카인의 표식'이라고 불렀었지, 기 억나? 그게 우리의 표식이야. 너는 항상 그 표식을 가지고 있 었고, 그래서 내가 너의 친구가 된 거야. 지금은 그 표식이 더 뚜렷해졌어."

"나는 전혀 몰랐어. 아니, 사실 알았던 것 같기도 해. 한 번은 너의 그림을 그렸는데, 그게 나와도 닮아 있어서 놀랐거든... 그게 그 표식이었나?"

"그렇지. 네가 이제 여기 와서 다행이야. 우리 어머니도 기뻐하실 거야." 나는 깜짝 놀랐다.

"네 어머니? 여기 계셔? 어머니는 나를 모르실 텐데."

"오, 어머니는 너에 대해 알고 계셔. 내가 말하지 않아도 널 알아보실 거야. 너는 오랫동안 소식을 전하지 않았구나."

"오, 여러 번 편지를 쓰려고 했지만, 할 수 없었어. 요즘 들어 너를 곧 찾게 될 것 같은 느낌이 들어서 매일 기다렸어." 그는 팔짱을 끼고 나와 함께 걸었다.

그의 평온함이 나에게 스며들었다. 우리는 곧 예전처럼 이야기했다. 우리는 학교 시절, 세례 준비 수업 그리고 그때 그 불행했던 방학 때의 일들을 회상했다. 하지만 우리의 가장 초기의 밀접한 인연, 프란츠 크로머와의 이야기에는 여전히 말이 없었다. 우리는 어느새 신비롭고 예감에 찬 대화 속에 빠져 있었다. 데미안과 일본인의 대화를 떠올리며 학생 시절에 대해 이야기하다가 점점 더 먼 주제로 넘어갔다. 그러나 데미안의 말 속에서 그것들은 긴밀하게 연결되었다. 그는 유럽의 정신과 이 시대의 특징에 대해 말했다. 그는 모든 곳에서 결속과 무리 형성이 지배하고 있지만, 자유와 사랑은 어디에도 없다고 했다. 학생 단체와 합창단에서 국가에 이르기까지 모든 이러한 공동체는 강압적이고, 두려움과 불안, 당혹감에서 비롯된 것이며, 내부는 점점 썩어가고 오래되어 붕괴 직전이라고 했다.

"공동체," 데미안이 말했다.

"그것은 멋진 것이지. 하지만 우리가 지금 보는 것은 진정한 공동체가 아니야. 진정한 공동체는 각자가 서로를 인식하는 것에서 새로 태어나게 될 것이고, 그것은 한동안 세상을 바꿀 거야. 지금 있는 것은 단지 무리 짓기일 뿐이야. 사람들은 서로에게서 도망치고 있어, 왜냐하면 그들 스스로가 두렵기 때문이야. 상류층은 상류층끼리, 노동자들은 노동자들끼리, 학자들은 학자들끼리! 그런데 왜 그들이 두려워할까? 사람은 자기 자신과 일치하지 않을 때 두려움을 느끼지. 그들은 자신이 한 번도 자기 자신을 직면하지 않았기 때문에 두려워하는 거야. 자기 안에 있는 미지의 것에 대해 두려움을 가진 사람들로 가득한 공동체라니! 그들은 모두 자신들의 삶의 법칙이 더 이상 맞지 않다는 것을 느끼고 있지만 그들은 오래된 규칙에 따라 살고 있어, 그들의 종교도 도덕도, 그 어느 것도 우리가 필요로 하는 것에 부합하지 않아. 백 년 넘게 유럽은 공부만 하고 공장을 세웠어! 사람을 죽이는 데 필요한 화약의 양은 정확히 알고 있지만, 신에게 기도하는 방법은 몰라, 심지어 한 시간 동안 즐겁게 지내는 방법조차 몰라. 학생들의 술집을 한 번 봐! 아니면 부자들이 가는 유흥 장소를 봐! 희망이 없어! 싱클레어, 그 속에서는 어떠한 즐거움도 나올 수 없어. 그렇게 두려움에 찬 사람들이 모여 있는 곳은 두려움과 악의로 가득 차 있고 서로를 믿지 못해. 그들은 더 이상 이상적이지 않은 이상에 매달려 있고, 새로운 이상을 세우는 사람을 돌로 칠거야. 나는 충돌이 올 것을 느껴. 그것은 곧 올 거야, 나를 믿어, 곧 올 거야! 물론 그것이 세상을 '개선'하지는 않을 거야. 노동자들이 공장주를 죽이든, 러시아와 독일이 서로 싸우든, 그건 단지 소유권의 교체일 뿐이야. 그러나 그것이 헛된 것은 아니야. 그것은 오늘날의 이상이 가치 없음을 드러낼 거고 석기 시대의 신들을 정리하게 될 거야. 이 세계는 지금 상태로는 죽고 싶어하고 파멸하고 싶어해, 그리고 그렇게 될 거야."

"그럼 우리는 어떻게 될까?" 내가 물었다.

"우리? 오, 아마 우리도 함께 파멸할 거야. 우리도 죽을 수 있어. 하지만 그걸로 끝나지 않아. 우리에게서 남는 것, 또는 우리 중에서 살아남는 사람들 주위에 미래의 의지가 모일 거야. 우리의 유럽이 한동안 기술과 과학의 장터로서 소리를 질러왔던 그 인류의 의지가 드러날 거야. 그리고 그때, 인류의 의지가 오늘날의 공동체, 국가와 민족, 협회와 교회의 의지와 절대 일치하지 않는다는 것이 드러날 거야. 자연이 인간에게 원하는 것은 각 개인에게 새겨져 있어, 너와 나에게, 예수에게도, 니체에게도 새겨져 있었어. 이런 중요한 흐름들 그것들은 물론 매일 다르게 보일 수 있지만, 오늘날의 공동체가 무너질 때를 대비해서 약간의 여유공간이 있을 거야,"

늦은 시간 우리는 강변의 한 정원 앞에서 멈췄다.

"우리는 여기에서 살고있어," 데미안이 말했다.

"곧 우리에게 와! 우리는 너를 정말로 기다리고 있어."

나는 시원한 밤을 뚫고 집으로 가는 먼 길을 즐겁게 걸었다. 여기저기서 돌아오는 학생들이 떠들썩하게 도시를 휘젓고 다녔다. 종종 그들의 우스꽝스러운 즐거움과 나의 고독한 삶의 대조를 느끼며, 때로는 박탈감을, 때로는 조롱을 느꼈다. 그러나 오늘처럼 차분하고 비밀스러운 힘으로, 그것이 나와 얼마나 상관없는지, 그것이 얼마나 멀고 사라진 세계인지를 느낀 적은 없었다. 나는 우리 아버지 세대의 공무원들, 그들이 학생 시절에 술을 마시고 떠들던 기억을 천국의 기억처럼 간직하고, 그 사라진 '자유'에 대해 시인이나 다른 낭만주의자들이 어린 시절을 그리워하는 것처럼 예배하던 기억이 떠올랐다. 어디에나 같은 모습이었다! 어디에서나 그들은 '자유'와 '행복'을 과거에서 찾고 있었다. 그들은 자신의 책임을 떠올리고 자신의 길을 떠올리는 것이 두려웠던 것이다. 몇 년 동안 술을 마시고 떠들다가, 결국엔 숨고 진지한 공무원이 되는 것이었다. 그렇다, 우리 사회는 썩어 있었다. 그리고 이 떠들썩한 학생들의 어리석음은 다른 수많은 어리석음보다는 덜 어리석고 덜 나빴다.

그러나 외딴 집에 도착해 잠자리를 찾으려 하자 모든 생각이 사라졌고, 그 날이 준 커다란 약속에 온 정신이 매달렸다. 내가 원하기만 하면, 내일이라도 바로 데미안의 어머니를 볼 수 있었다. 학생들이 술집에서 떠들고 얼굴에 문신을 새기든, 세상이 부패해 멸망을 기다리든 그것이 나와 무슨 상관이 있단 말인가! 나는 오직 내 운명이 새로운 모습으로 나타나기만을 기다렸다. 나는 늦은 아침까지 깊이 잠들었다. 새로운 날은 마치 소년 시절 크리스마스 축제 이후로 경험하지 못한 장엄한 축제일처럼 다가왔다. 내 마음속 깊은 곳은 불안으로 가득 차 있었지만 두려움은 전혀 없었다. 중요한 날이 시작되었음을 느꼈고, 세상이 변한 것처럼 보였으며, 모든 것이 기다리고 있는 듯하고 의미심장하며 장엄하게 느껴졌다. 가을비가 조용히 내리고 있었는데, 그 소리조차도 아름답고 경건한 음악으로 가득차 있었다. 처음으로 외부 세계가 내 내부 세계와 완전히 조화를 이루는 느낌이었다. 그것이 영혼의 축제일이었고 비로소 삶의 가치가 느껴졌다. 거리의 어떤 집도, 상점 창문도, 사람들의 얼굴도 나를 방해하지 않았다. 모든 것이 필요한 모습 그대로였고, 일상의 공허한 모습이 아닌, 운명을 기다리는 자연의 일부처럼 보였다. 어린 시절의 크리스마스 아침과 부활절 아침에 보았던 세상이 바로 그런 모습이었다. 세상이 여전히 그렇게 아름다울 수 있다는 것을 나는 모르고 있었다. 나는 내면에 살면서 밖의 세상에 대한 감각을 잃어버린 채 살아왔고, 어릴 적 그 반짝이는 색을 잃는 것이 불가피하다고 생각했다. 마치 영혼의 자유와 성숙함을 얻기 위해 그런 빛나는 감각을 포기해야 하는 것처럼 여겼다. 그러나 이제 나는 그것이 단지 묻히고 어두워졌을 뿐이며, 자유로워지고 어린 시절의 행복을 포기한 사람도 세상을 빛나게 볼 수 있고 어린 시절의 깊은 감각을 다시 느낄 수 있다는 것을 깨달았다. 그때, 나는 밤에 데미안과 헤어졌던 외곽의 정원을 다시 찾았다.

　높은 회색빛 나무들 사이에 작은 집이 있었고, 집은 밝고 아늑해 보였으며, 큰 유리창 너머로 커다란 높은 꽃들이 보였다. 깨끗한 창문 너머로 그림과 책들이 있는 어두운 방도 보였다. 현관문은 작은 따뜻한 홀로 바로 이어졌고, 검은 옷에 흰 앞치마를 두른 노파가 나를 맞아주며 외투를 받아주었다. 그녀는 나를 복도에 홀로 남겨두었다. 나는 주변을 둘러보았고 꿈속으로 들어간 느낌이었다. 어두운 나무벽 위, 문 위에는 검은 액자에 넣은 잘 알고 있는 그림이 걸려 있었다. 금빛 참매 머리를 가진 내 새가 세계의 껍질을 깨고 나오는 그림이었다. 나는 그 자리에서 멈춰섰고 마음속에는 기쁨과 슬픔이 동시에 밀려왔다. 마치 이 순간에 내가 했던 모든 일과 경험이 돌아와서 나에게 대답하고 이루어지는 듯한 느낌이었다. 번개처럼 빠르게 내 영혼을 스쳐가는 많은 이미지들이 보였다. 고향의 아버지 집, 오래된 돌 문장, 그 문장을 그리던 소년 데미안, 나 자신이 소년이었을 때, 나쁜 마법에 걸린 적이 있던 크로머에게 얽혀 고통스러워하던 모습, 젊은 시절 내 방의 조용한 책상에서 갈망의 새를 그리고 있던 모습, 혼란스러운 영혼이 자신의 실타래에 얽혀 있던 모습 그리고 지금 이 순간까지의 모든 것이 내 안에서 다시 울려퍼지고, 인정되고, 응답받고, 허락받았다.

나는 눈물이 고인채로 내 그림을 응시하며 자신을 들여다보았다. 그때 시선이 내려갔다. 새 그림 아래 열린 문에 어두운 옷을 입은 큰 여인이 서 있었다. 그녀였다. 나는 아무 말도 할 수 없었다. 그녀의 아들처럼 시간과 나이를 초월한 얼굴에서 아름답고 존경스러운 여인이 나를 친절하게 미소 지으며 바라보았다. 그녀의 눈빛은 충만함을, 그녀의 인사는 귀환을 의미했다. 나는 말없이 손을 내밀었다. 그녀는 따뜻하고 단단한 손으로 내 두 손을 잡았다.

"당신이 싱클레어군요. 나는 당신을 금방 알아봤어요. 환영

합니다!"

그녀의 목소리는 깊고 따뜻했으며, 나는 그것을 달콤한 포도주처럼 마셨다. 그리고 이제 나는 고요한 그녀의 얼굴, 검고 깊은 눈, 신선하고 성숙한 입술, 그리고 그 표식이 있는 자유롭고 귀족적인 이마를 바라보았다.

"얼마나 기쁜지 모르겠어요!" 나는 그녀에게 말하며 그녀의 손에 입맞췄다.

"평생을 여행한 것 같았는데, 이제야 집에 온 것 같아요." 그녀는 어머니처럼 미소 지었다.

"집에 완전히 도착하는 일은 없어요," 그녀가 부드럽게 말했다.

"하지만 친구의 길이 교차하는 곳에서는 온 세상이 잠시나마 고향처럼 보이지요."

그녀는 내가 그녀에게 오는 길에 느꼈던 것을 말해주었다.

그녀의 목소리와 말투는 아들의 것과 매우 비슷했지만, 또 완전히 달랐다. 모든 것이 더 성숙했고, 따뜻했으며 당연하게 느껴졌다. 그러나 예전에 막스가 소년의 인상을 주지 않았던 것처럼, 그녀 역시 성인 아들의 어머니처럼 보이지 않았다. 그녀의 얼굴과 머리카락 위에 젊고 달콤한 기운이 있었고, 피부는 탄력 있고 주름 하나 없이 금빛으로 빛났으며, 입술은 생기 넘쳤다. 그녀는 꿈에서보다 더 위엄있게 보였고, 그녀의 존재는 사랑의 기쁨이었으며, 그녀의 눈빛은 충만함이었다. 이것은 내 운명이 나에게 보여주는 새로운 모습이었다. 더 이상 엄격하지 않았고, 더 이상 고립감을 주지 않았다. 이제는 성숙하고 즐거웠다! 나는 결심을 하지 않았고, 서약을 하지도 않았다. 나는 목표에 도달했고, 높은 길목에 섰다. 그곳에서 더 나아갈 길이 넓고 멋지게 보였고, 약속의 땅을 향해 뻗어 나갔으며, 가까운 행복의 나무 꼭대기들이 그늘을 드리웠고, 모든 기쁨의 정원들이 가까이 있었다. 어떻게 되든 상관없었다. 나는 이 여인이 세상에 있다는 것만으로도 기뻤고, 그녀의 목소리를 듣고 그녀의 가까이에 숨 쉴 수 있다는 것만으로도 만족했다. 그녀가 내 어머니, 연인, 여신이 되든... 그녀가 존재하기만 하면 되었다! 내 길이 그녀의 길과 가깝기만 하면 되었다! 그녀는 내 참매 그림을 가리켰다.

"당신은 우리 막스에게 이 그림으로 큰 기쁨을 주었어요," 그녀는 생각에 잠긴 듯 말했다.

"나에게도요. 우리는 당신을 기다리고 있었어요, 그리고 그림이 도착했을 때, 우리는 당신이 우리에게 오고 있음을 알았어요. 어릴 적에 막스가 학교에서 돌아와서 말하곤 했어요.

'이마에 표시가 있는 소년이 있어요, 그는 내 친구가 되어야 해요.'라고 말했던 그 소년이 바로 당신이었어요. 당신은 쉽지 않은 시간을 보냈겠지만, 우리는 당신을 믿었어요. 한 번은 당신이 방학 동안 집에 있었을 때, 막스와 다시 만났었죠. 그때 당신의 나이가 열 여섯 살쯤 되었을 거예요. 막스가 그 이야기를 해주었어요." 나는 말을 끊었다.

"오, 그가 당신께 그 말을 했군요! 그때가 내 인생에서 가장 비참한 시기였어요!"

"네, 막스는 저에게 이렇게 말했어요. '지금 싱클레어는 가장 힘든 시기를 겪고 있어요. 그는 다시 한번 공동체에 피난처를 찾으려 하고, 술집 친구가 되었어요. 하지만 그는 성공하지 못할 거예요. 그의 표시는 감춰져 있지만, 그를 몰래 태우고 있어요.' 맞죠?"

"네, 맞아요, 정확히 그랬어요. 그러다 베아트리체를 만났고, 마침내 나를 이끌어줄 또 다른 안내자가 나타났어요. 그의 이름은 피스토리우스였어요. 그때서야 왜 내 소년 시절이 막스와 그렇게 깊이 묶여 있었는지, 왜 그에게서 벗어날 수 없었는지 알게 되었어요. 사랑하는 부인, 사랑하는 어머니, 그때는 종종 삶을 포기해야겠다고 생각했어요. 모든 사람에게 길이 그렇게 어려운가요?"

그녀의 손이 공기처럼 가볍게 내 머리카락을 스쳤다.

"태어나는 건 늘 힘든 일이에요. 알다시피, 새가 알에서 나오는 것도 힘들지요. 돌아보세요 그리고 물어보세요. 그 길이 그렇게 힘들었나요? 정말로 힘들기만 했나요? 그것은 또한 아름답지 않았나요? 더 아름답고 더 쉬운 길을 알았나요?"
나는 고개를 저었다.

"힘들었어요," 나는 잠결에 말하듯이 말했다.

"꿈이 오기 전까지는 힘들었어요." 그녀는 고개를 끄덕이
며 나를 꿰뚫어 보는 듯한 시선으로 바라보았다.

"그래요, 사람은 자신의 꿈을 찾아야 해요, 그러면 길은 쉬
워져요. 하지만 영원한 꿈은 없어요, 모든 꿈은 새로운 꿈으
로 대체되며, 어느 것도 붙잡으려 해서는 안 돼요."

나는 깊은 충격을 받았다. 이것이 이미 경고였을까? 이게
거절의 신호였을까? 하지만 상관없었다, 나는 그녀가 나를
이끌도록 준비되어 있었고, 목표를 묻지 않기로 결심했다.

"내 꿈이 얼마나 오래 지속될지는 모르겠어요. 나는 그것이
영원하기를 바래요. 새의 그림 아래에서 내 운명이 나를 맞이
했어요, 마치 어머니처럼, 그리고 연인처럼. 나는 그 꿈에 속
해요, 다른 누구에게도 속하지 않아요."

"꿈이 당신의 운명인 동안에는 충실해야 합니다."

그녀는 진지하게 다짐했다. 슬픔이 나를 엄습했고, 이 마법
같은 시간에 죽고 싶은 간절한 바람이 생겼다. 눈물이 밀려오
는 것을 느꼈다. 얼마나 오랫동안 울지 않았던가! 그리고 그
것은 멈출 수 없이 나를 압도했다. 나는 격렬하게 그녀에게서
돌아서서, 창가로 가서 화분 너머로 맹목적인 눈으로 바라보

앉다. 뒤에서 그녀의 목소리가 들렸다, 그것은 평온하게 울리면서도 포도주가 가득 찬 잔처럼 가득한 다정함이 느껴졌다.

"싱클레어, 당신은 아직 어린아이예요! 당신의 운명은 당신을 사랑해요. 그리고 언젠가 그것은 당신의 것이 될 것입니다, 당신이 충실하다면, 당신이 꿈꾸는 대로 될 거예요."

나는 자신을 억누르고 다시 그녀를 바라보았다. 그녀는 내게 손을 내밀었다.

"내게는 몇몇 친구들이 있어요. 몇몇 아주 가까운 친구들, 그들은 나를 에바 부인이라고 불러요. 당신도 원한다면 그렇게 부르세요." 그녀는 미소 지으며 말했다.

그녀는 나를 문쪽으로 이끌고, 문을 열어 정원을 가리켰다.

"막스가 저 밖에 있을 거예요."

높은 나무들 아래 나는 멍하니 서 있었고, 지금까지보다 더 깨어 있거나 꿈을 꾸는 듯한 기분이었다. 나무 가지에서 빗방울이 부드럽게 떨어졌다. 나는 천천히 강가를 따라 이어진 정원으로 걸어 들어갔다. 마침내 나는 데미안을 찾았다. 그는 열린 정자 안에 서 있었고, 상반신을 드러내고 모래 주머니 앞에서 복싱 연습을 하고 있었다. 놀라서 잠시 멈춰 섰고 데미안은 훌륭해 보였다. 넓은 가슴, 강건한 남성적인 머리, 당긴 근육을 가진 팔이 강하고 튼튼해 보였으며, 그의 움직임은 엉덩이, 어깨, 팔꿈치에서 나오는 듯 자연스러웠다.

"데미안!" 내가 외쳤다.

"뭘 하고 있는 거야?" 그는 즐겁게 웃으며 말했다.

"운동 중이야. 작은 일본인에게 레슬링을 약속했는데, 그 녀석은 고양이처럼 날쌔고, 물론 교활하지. 하지만 그는 나를 이길 수 없을 거야. 내가 갚아야 할 작은 치욕이 하나 있거든." 그는 셔츠와 재킷을 걸쳤다.

"우리 어머니를 만났구나?" 그가 물었다.

"응. 데미안, 네 어머니는 정말 훌륭하신 분이야! 에바 부인! 그 이름이 그녀에게 완벽하게 어울려, 모든 존재의 어머니 같아." 그는 잠시 생각에 잠긴 듯 내 얼굴을 바라보았다.

"벌써 이름을 알려줬다고? 자랑스러워해도 돼, 친구! 그녀가 첫 만남에 이름을 알려준 사람은 네가 첫 번째야."

그날 이후로 나는 그 집을 아들처럼, 형제처럼 또는 연인처럼 드나들었다. 대문을 닫는 순간, 아니, 멀리 정원의 높은 나무들이 보이기 시작할 때부터 나는 부유해졌고 행복했다. 밖에는 '현실'이 있었고, 거리와 집들, 사람들, 제도들, 도서관과 강의실이 있었다. 그러나 이곳 안에는 사랑과 영혼이 있었다. 이곳에는 동화와 꿈이 살았다. 그럼에도 불구하고 우리는 세상과 단절되지 않았다. 우리는 종종 생각과 대화 속 세상 한가운데에 살았지만, 단지 다른 시각으로 세상을 바라보고 있었다. 우리의 과제는 세상 속에서 하나의 섬, 어쩌면 하나의 본보기를 보여주는 것이었고, 최소한 다른 삶의 가능성을 알리는 것이었다. 오랫동안 고독했던 나는 사람들이 완전한 고독을 맛본 후에야 가능했던 공동체를 배우게 되었다. 더이상 나는 행복한 자들의 식탁이나 즐거운 자들의 축제에 돌아가고 싶어 하지 않았고 다른 사람들의 공동체를 보았을 때 시기심이나 그리움이 나를 덮치지 않았다. 그리고 천천히 나는 '표식'을 가진 자들의 비밀을 깨우치게 되었다.

우리는 그 표식을 가진 자들로서 세상에서는 이상하고, 심지어 미친 듯이 보이고 위험하게 여겨질 수도 있었다. 우리는 깨어난 자들이었고, 우리의 노력은 점점 더 완전한 깨어남을 향해 있었다. 반면에 다른 사람들의 노력과 행복 추구는 그들의 생각과 이상, 의무, 삶과 행복을 점점 더 무리의 것에 맞추는 것이었다. 거기에도 노력과 힘과 위대함이 있었다. 그러나 우리의 관점에서 보았을 때, 우리는 자연의 새로운 것, 독립적인 것, 미래를 향한 의지를 나타내는 반면, 다른 사람들은 현재를 고수하려는 의지 속에 살았다. 그들에게 인류는 그들이 우리처럼 사랑했던 이미 완성된 무엇이었고, 그것은 보존되고 보호되어야 했다. 우리에게 인류는 먼 미래였고, 우리는 모두 그 길을 향해 가고 있었으며, 아무도 그 그림을 알지 못했고, 그 법은 어디에도 쓰여 있지 않았다.

에바 부인, 막스와 나 외에도 여러 종류의 많은 사람들이 우리 모임에 속해 있었다. 그들 중 일부는 특별한 길을 가고 있었고, 특별한 목표를 세웠으며, 특별한 생각과 의무에 매달려 있었다. 그들 중에는 점성가와 카발라 신봉자도 있었고, 톨스토이 추종자도 있었으며, 섬세하고 수줍고 상처받기 쉬운 사람들, 새로운 종파의 신봉자, 인도 수행법의 실천가, 채식주의자 등도 있었다.

이들 모두와 우리는 사실상 정신적으로 공통점이 없었고, 각자의 비밀스러운 삶의 꿈에 대한 존경심만이 공통점이었다. 더 가까운 사람들도 있었는데, 그들은 인류의 신과 새로운 욕망의 상징을 과거에서 찾아내는 사람들로, 그들의 연구는 종종 피스토리우스의 연구를 떠올리게 했다. 그들은 책을 가지고 오고, 고대 언어의 텍스트를 번역해 주었고, 고대 상징과 의식의 그림을 보여주었으며, 인류의 이상에 대한 전체적인 소유가 무의식적인 영혼의 꿈에서 나왔다는 것을 배우게 했다. 인류가 미래의 가능성에 대한 예감을 더듬어 나가는 꿈들 말이다. 그래서 우리는 기독교 개종의 새벽까지 낡은 세계의 천 개의 머리가 달린 놀라운 신들의 얽힘을 탐구했다. 외롭고 경건한 사람들의 고백과 민족에서 민족으로의 종교의 변천을 알게 되었다. 우리가 모은 모든 것을 통해 우리의 시대와 현재 유럽에 대한 비판이 이루어졌다. 그것은 막대한 노력으로 인류의 강력한 새로운 무기를 창조했지만, 결국 깊게 고조된 정신의 황폐함에 빠져 있었다. 그것은 온 세상을 얻기 위해 자신의 영혼을 잃었기 때문이다.

여기에도 특정 희망과 구원의 교리를 믿는 신자들이 있었다. 유럽을 개종시키려는 불교도와 톨스토이 추종자, 그리고 다른 신앙들이 있었다. 우리 내부의 작은 그룹은 듣기만 했고, 어떤 교리도 상징으로만 받아들였다. 우리 표식을 가진 자들에게는 미래의 형성에 대한 염려가 없었다. 우리에게는 어떤 고백이나 구원의 교리도 이미 사전에 죽고 쓸모없어 보였다. 우리는 단지 이 한 가지 의무와 운명만을 느꼈다. 각자가 스스로가 되어야 하며, 자연의 작용하는 씨앗에 완전히 부응하고 살아야 하며, 불확실한 미래가 무엇을 가져올지에 대비되어 있어야 한다는 것이다.

그 당시 모두가 느끼고 있었던 것은 명확했다. 새로운 탄생과 현재의 붕괴가 임박했으며, 이미 그 조짐이 보인다는 것이었다. 데미안은 가끔 나에게 말했다.

"앞으로 다가올 일은 예측할 수 없는 거야. 유럽의 영혼은 마치 오랫동안 얽매여 있던 동물과 같아. 그 영혼이 자유로워질 때, 처음으로 나타나는 움직임은 결코 아름답지 않을 거야. 하지만 그 과정이 어찌되었든 중요한 것은 아니야. 그동안 거짓과 무기력 속에 묶여 있던 영혼이 진정으로 고통을 드러낼 때가 오면, 그때가 바로 우리의 시간이 될 거야. 우리가 필요한 순간이지. 하지만 우리는 지도자나 새로운 입법자로 나서는 게 아니야. 운명이 이끄는 대로 나아갈 준비가 된 사람들로서 말이야. 많은 사람들은 자신들의 이상이 위협받을 때, 믿기 힘든 일도 할 각오가 되어 있어. 그러나 새로운 이상이 등장하고, 그 이상이 위험하고 두려운 움직임을 일으킬 때는 거의 아무도 나서지 않아. 그때 우리가 나서는 거야. 우리는 이 일을 위해 선택된 사람들이니까. 카인이 그 시대 사람들을 좁은 이상향에서 벗어나 넓고 위험한 길로 몰아넣었듯이 말이야. 인류의 길에 영향을 미친 모든 이들, 모세나 부처에서 나폴레옹, 비스마르크에 이르기까지 모두 운명을 받아들일 준비가 되어 있었기 때문에 그들의 역할을 해낼 수 있었던 거야. 만약 비스마르크가 사회민주주의자들을 이해하고 그들과 협력했다면 그는 분명 훌륭한 지도자였을지 몰라도 운명을 이끄는 사람은 되지 못했을 거야. 나폴레옹, 카이사르, 로욜라도 모두 마찬가지였지. 우리는 항상 이를 생물학적, 진화론적인 관점에서 생각해야 해. 지각 변동이 일어나 바다 생물이 육지로, 육지 생물이 다시 물속으로 던져졌을 때, 새로운 환경에 적응하고 종을 보존할 수 있었던 것은 운명을 받아들일 준비가 된 개체들이었거든. 그들이 보수적인지, 혁명적인지는 중요하지 않아. 중요한 건 그들이 준비되어 있었고, 그래서 새로운 진화를 이끌어 갈 수 있었다는 거야.

우리도 그들과 마찬가지로 준비되어 있어야 해."

이런 대화에서 에바 부인은 종종 함께 있었지만, 그녀는 이런 방식으로 말하지 않았다. 그녀는 우리의 생각을 표현하는 모든 이들에게 신뢰와 이해로 가득 찬 경청자이자 반향이었다. 마치 모든 생각이 그녀에게서 나와 다시 그녀에게 돌아가는 것처럼 보였다. 그녀 가까이에 앉아 그녀의 목소리를 듣고, 그녀를 둘러싼 성숙함과 영혼의 분위기에 참여하는 것은 나에게 큰 행복이었다.

그녀는 내 안에서 변화나 혼란, 갱신이 일어나고 있음을 즉시 알아차렸다. 내가 꿈꾸는 모든 것이 그녀에게서 영감을 받은 것처럼 느껴졌다. 나는 자주 그녀에게 꿈을 이야기했고, 그녀는 그것들을 이해하고 자연스럽게 받아들였다. 그녀는 모든 이상한 것을 명확하게 느낄 수 있었다. 한동안 나는 우리의 일상 대화의 복사본 같은 꿈을 꾸었다. 나는 세상이 온통 혼란에 빠져 있고, 나 혼자 또는 데미안과 함께 큰 운명을 기다리고 있는 꿈을 꾸었다. 그 운명은 숨겨져 있었지만, 어떻게든 에바 부인의 모습을 닮아 있었다. 그녀에게 선택되거나 버려지는 것이 바로 그 운명이었다.

때때로 그녀는 웃으며 말했다.

"당신의 꿈은 완전하지 않아요, 싱클레어. 중요한 부분을 놓치고 있어요."

그러면 나는 곧 그것을 기억해내곤 했고, 어떻게 그것을 잊을 수 있었는지 이해할 수 없었다.

때때로 나는 욕망에 불만을 품고 괴로워했다. 그녀를 내 곁에 두고도 안을 수 없다는 것을 더 이상 참을 수 없다고 느꼈다. 그녀는 그것도 즉시 알아차렸다. 내가 며칠 동안 그녀를 피하고 혼란스러운 상태로 있었을 때, 그녀는 나를 옆으로 데리고 가서 말했다.

"당신은 믿지 않는 욕망에 빠져서는 안 돼요. 당신이 바라는 것을 알아요. 당신은 이 욕망을 포기하거나, 그것을 완전히 바라고 확신해야 해요. 당신이 그 소망이 이루어질 것을 완전히 확신하게 될 때, 그 소망은 이루어질 거예요. 그러나 지금은 당신이 그것을 바라지만 후회하고 두려워하고 있어요. 그 모든 것을 극복해야 해요. 내가 당신에게 하나의 이야기를 들려줄게요."

그녀는 별을 사랑한 한 소년에 대한 이야기를 들려주었다. 그는 바닷가에 서서 손을 내밀어 별에게 기도하고, 별을 꿈꾸며, 자신의 생각을 별에게 쏟아부었다. 하지만 그는 별이 인간에 의해 안길 수 없다고 믿었다. 그는 희망 없는 별 사랑을 자신의 운명으로 받아들이고, 이 생각으로부터 묵묵히 참고 충실히 견디는 고통의 인생 시를 썼다. 그의 모든 꿈은 별에 관한 것이었다. 어느 날 밤, 그는 다시 바닷가 높은 절벽에 서

서 별을 바라보며 사랑에 빠졌다. 극심한 그리움의 순간에 그는 뛰어올라 공허 속으로 몸을 던졌다. 하지만 뛰는 순간, 번개처럼 '이건 불가능해!'라는 생각이 스쳤다. 그는 해변 아래에 떨어져 산산조각이 났다. 그는 사랑하는 법을 몰랐다. 그가 뛰는 순간에 확신을 가지고 사랑을 믿는 영혼의 힘을 가졌더라면, 그는 위로 날아가 별과 하나가 되었을 것이다.

"사랑은 간청해서도 안 되고, 요구해서도 안 되요," 그녀가 말했다.

"사랑은 그 자체로 확신에 도달할 수 있는 힘을 가져야 해요. 그러면 사랑은 더 이상 끌려가는 것이 아니라, 오히려 끌어당기는 것입니다. 싱클레어, 당신의 사랑은 지금 나에 의해 끌려가고 있어요. 언젠가 당신의 사랑이 나를 끌어당기게 되면, 나는 올 거에요. 나는 선물을 주고 싶지 않아요, 나는 받아들여 지기를 원해요."

다른 날, 그녀는 또 다른 이야기를 들려주었다. 희망 없이 사랑하는 한 남자가 있었다. 그는 완전히 자신의 영혼 속으로 물러나 사랑으로 타들어갔다. 세상은 그에게 사라졌고, 파란 하늘과 푸른 숲도 더 이상 보이지 않았으며, 시내의 물소리도 들리지 않고, 하프 연주 소리도 들리지 않았다. 모든 것이 사라졌으며 그는 가난해지고 비참해졌다. 그러나 그의 사랑은 더욱 커졌고, 그는 사랑하는 아름다운 여인을 소유하기 위해 죽고 사라지기를 원했다. 그가 자신의 사랑이 모든 것을 태워 버린 것을 느꼈을 때, 그의 사랑은 강렬해져서 그 여인을 끌어당겼고, 그녀는 그에게 다가왔다. 그는 팔을 벌리고 그녀를 끌어안으려 했다. 그러나 그녀가 그 앞에 섰을 때, 그녀는 완전히 변해 있었다. 그는 전율하며 느꼈다. 그리고 그는 자신이 잃어버린 온 세상을 끌어당겼음을 보았다. 그녀는 그 앞에 서서 그에게 자신을 내어주었고, 하늘과 숲과 시내가 새로운 색깔로 신비롭고 찬란하게 그에게 다가왔다. 그는 단지 한 여인을 얻는 대신, 온 세상을 가슴에 안았다. 그리고 하늘의 모든 별들이 그 안에서 빛나고 그의 영혼을 통해 기쁨으로 반짝였다. 그는 사랑하면서 자신을 찾았다. 그러나 대부분의 사람들은 자신을 잃기 위해 사랑한다.

에바 부인에 대한 나의 사랑은 내 삶의 유일한 내용인 것처럼 보였다. 그러나 매일 그녀는 다르게 보였다. 때로는 그녀의 존재가 내 본질을 이끄는 상징일 뿐이고, 그녀는 단지 나를 더 깊이 나 자신으로 이끌기 위한 것이라고 느꼈다. 종종 나는 그녀의 말이 내 무의식의 불타는 질문에 대한 답처럼 들렸다. 하지만 다시금, 나는 그녀 옆에서 육체적 욕망으로 불타고, 그녀가 만진 물건에 입맞춤을 하곤 했다. 점차적으로 육체적 사랑과 비육체적 사랑, 현실과 상징이 겹쳐졌다. 그러다 보면 집에서 그녀를 생각할 때, 나는 평온한 친밀함 속에서 그녀의 손이 내 손 안에 있고, 그녀의 입술이 내 입술에 닿는 느낌을 받았다. 혹은 내가 그녀와 함께 있을 때, 그녀의 얼굴을 보고 대화하며 그녀의 목소리를 들으면서도, 그녀가 실제로 존재하는지 꿈인지 알 수 없었다. 나는 사랑을 영원히 소유할 수 있는 방법을 어렴풋이 깨닫기 시작했다. 책을 읽다가 새로운 깨달음을 얻을 때, 그것은 에바 부인의 입맞춤과 같은 느낌이었다. 그녀가 내 머리를 쓰다듬고, 성숙하고 향기로운 따뜻함으로 미소 지을 때, 그것은 내가 내 안에서 진보한 것과 같은 느낌이었다. 나에게 중요하고 운명적인 모든 것이 그녀의 형태를 취할 수 있었다. 그녀는 내 생각에 다양한 모습으로 녹아들었고, 각 생각은 그녀가 될 수 있었다.

부모님 댁에서 보낸 기간동안 크리스마스 휴가가 두려워졌다. 에바 부인과 떨어져 있는 것이 고통스러울 것이라 생각했기 때문이다. 그러나 그것은 고통이 아니었다. 집에 있는 것이 기뻤고, 그녀를 생각하는 것이 행복했다. 내가 H.대학으로 돌아온 후에도, 그녀의 집을 방문하지 않고 이틀을 보냈다. 그녀의 육체적 존재에 의존하지 않는 이 안정감과 독립성을 즐기기 위해서였다. 나는 꿈을 꾸었고, 그 꿈에서 그녀와의 결합이 새로운 상징적인 방식으로 이루어졌다. 그녀는 내가 흘러드는 바다였고, 나는 별이 되어 그녀에게 다가갔다. 우리는 만나 서로에게 끌려 행복하게 영원히 서로의 주위를 행복하게 돌았다.

이 꿈을 그녀를 다시 만났을 때 처음으로 이야기해 주었다.

"꿈이 아름답군요," 그녀는 조용히 말했다.

"그 꿈을 현실로 만들어 보세요!"

이른 봄의 어느 날, 잊지 못할 날이 찾아왔다. 나는 집에 들어서서, 창문이 열려 있고 따뜻한 바람이 히아신스의 진한 향기를 방안으로 불러들이는 것을 느꼈다. 아무도 보이지 않아서 나는 계단을 올라가 막스 데미안의 서재로 향했다. 나는 가볍게 문을 두드린 후, 대답을 기다리지 않고 들어갔다. 방은 어두웠고, 모든 커튼이 닫혀 있었다. 작은 옆방으로 통하는 문이 열려 있었는데 그곳은 막스가 화학 실험을 위해 마련해 둔 곳이었다. 그곳에서 봄 햇살이 비치며 밝고 흰 빛이 들어오고 있었다. 아무도 없는 줄 알고 커튼을 하나 걷어냈다. 그때 나는 커튼이 드리워진 창가 근처의 스툴에 앉아있는 막스 데미안을 보았다. 그는 몸을 웅크리고 있었고, 묘하게 변해 있었다. 번개처럼 스치는 느낌이 있었다. '이 장면을 어디서 본 적이 있지!' 그의 팔은 움직임 없이 늘어져 있었고, 손은 무릎 위에 놓여 있었다. 약간 앞으로 기울어진 얼굴은 눈을 뜨고도 생기 없이 멍하니 있었다. 눈동자에는 유리 조각처럼 작고 날카로운 빛이 반짝였다. 창백한 얼굴은 엄청나게 경직된 표정만이 남아 있었고, 그것은 마치 고대 신전의 동물

가면 같았다. 그는 숨을 쉬지 않는 것 같았다. 기억이 떠올랐다. 정확히 이 모습이었다. 여러 해 전, 내가 아직 어린 소년이었을 때 그를 이렇게 본 적이 있었다. 그의 눈은 그렇게 내면을 응시하고 있었고, 손은 무력하게 놓여 있었다. 파리가 그의 얼굴을 기어 다녔다. 그리고 그때 그는 지금처럼 늙지도 않고 시간이 멈춘 듯 보였다. 오늘도 그 얼굴에 주름 하나 없었다. 공포에 휩싸여 조용히 방을 나와 계단을 내려갔다. 홀에서 에바 부인을 만났다. 그녀는 창백했고 피곤해 보였다. 그녀에게서 그런 모습을 본 적이 없었다. 창밖으로 그림자가 지나갔고 강렬했던 햇빛이 갑자기 사라졌다.

"저, 막스를 만나고 왔어요," 나는 재빨리 속삭였다.

"무슨 일이 있었나요? 그가 자고 있거나 깊은 생각에 잠긴 것 같아요. 몇 년 전에도 이런걸 본 적이 있어요."

"그를 깨우지는 않았겠죠?" 그녀가 재빨리 물었다.

"네. 그는 내 말을 듣지도 못했어요. 저는 곧바로 나왔어요. 에바 부인, 무슨 일이에요? 무슨 일이 생긴 건가요?" 그녀는 손등으로 이마를 문질렀다.

"안심하세요, 싱클레어, 아무 일도 없을 거예요. 그는 자신을 돌보고 있어요. 오래 걸리지 않을 거예요."

비가 오기 시작했는데도 그녀는 일어나서 정원으로 나갔다. 나는 따라가지 말아야 한다는 것을 느꼈다. 그래서 나는 홀을 오가며 향기로운 히아신스를 맡고, 문 위에 걸린 내 새 그림을 응시하고, 이 아침 집을 가득 채운 이상한 그림자를 숨막히게 느끼며 숨을 쉬었다. 도대체 이게 뭐지? 무슨 일이 일어난 걸까? 에바 부인은 곧 돌아왔다. 머리카락이 빗방울로 젖어 있었다. 그녀는 안락의자에 앉았고 피곤한 기색이 역력했다. 나는 그녀 곁으로 가서 몸을 굽혀 머리카락에 키스했다. 그녀의 눈은 맑고 고요했지만, 머리카락에 맺힌 물방울은 눈물 맛이 났다.

"그에게 가봐야 할까요?"

나는 속삭이며 물었다. 그녀는 희미하게 미소 지었다.

"어린애처럼 굴지 마세요, 싱클레어!"

그녀는 내 안의 주술을 깨듯 큰 소리로 나를 타일렀다.

"지금은 가세요. 나중에 다시 오세요. 지금은 당신과 이야기할 수 없어요."

나는 나와서 집과 도시를 떠나 산을 향해 달려갔다. 비스듬히 내리는 가는 비가 나를 적셨고, 구름은 무거운 압박 아래 두려운 듯 낮게 흘렀다. 아래쪽은 거의 바람이 없었지만, 위쪽에서는 폭풍이 몰아치는 것 같았다. 몇 번이나 햇빛이 희미하고 강렬하게 짙은 회색 구름 속에서 깜빡였다. 그러던 중, 하늘을 가로질러 노란 구름이 흩어져 밀려왔다. 그것은 회색 벽에 부딪혀 바람에 의해 몇 초 만에 노란색과 파란색이 합쳐지며 거대한 새의 모습을 만들었다. 새는 푸른 혼란 속에서 날개를 퍼덕이며 하늘로 사라졌다. 그때 폭풍 소리가 들렸고, 우박이 섞인 비가 쏟아졌다. 짧지만 무시무시한 천둥이 몰아치는 풍경 위로 울려 퍼졌고, 곧이어 다시 햇빛이 비치면서 갈색 숲 위에 있는 가까운 산들은 창백해 보이면서도 비현실적으로 빛났다.

비에 젖고 바람에 쓸려 몇 시간 만에 돌아왔을 때, 데미안이 직접 현관문을 열어주었다. 그는 나를 방으로 데리고 올라갔다. 실험실에는 가스 불이 켜져 있었고, 종이들이 여기저기 흩어져 있었다. 그는 무언가 작업을 하고 있었던 것 같았다.

"여기에 앉아," 그가 말했다.

"너 피곤할 거야. 오늘 날씨가 지독했어. 밖에서 꽤 고생한 것 같네. 곧 따뜻한 차가 올 거야."

"오늘 뭔가 일이 있는 것 같아," 내가 주저하며 말했다.

"단순한 뇌우 때문은 아닌 것 같아." 그는 나를 탐색하듯 바라보았다.

"어떤걸 봤니?"

"응. 나는 구름 속에서 잠시 뚜렷한 그림을 봤어."

"어떤 그림이었어?"

"새였어."

"매였니? 네 꿈의 새?"

"응, 내 매였어. 노란색이었고 거대했고, 파랗고 검은 하늘로 날아가고 있었어."

데미안은 깊은 숨을 내쉬었다. 노크 소리가 났다. 늙은 하녀가 차를 가져왔다.

"싱클레어, 마셔봐. 새를 우연히 본 건 아니겠지?"

"우연히? 그런 걸 우연히 볼 수 있을까?"

"좋아, 그렇다면 그건 무언가를 의미해. 뭔지 알겠니?"

"응, 어떤 충격을 의미하는 것 같아, 운명의 한 걸음이라고 생각해. 우리 모두에게 관련된 것 같아."

그는 격렬하게 방을 오갔다.

"운명의 한 걸음!" 그는 크게 외쳤다.

"내가 오늘 밤에 같은 꿈을 꿨어. 어머니도 어제 같은 예감을 느꼈어. 나는 꿈속에서 나무 줄기나 탑을 따라서 사다리를 오르고 있었어, 꼭대기에 다다랐을 때, 땅을 바라 보았어. 그것은 거대한 평야였는데, 도시와 마을들이 불타고 있었어. 아직 모든 것을 이야기할 수는 없어, 아직은 명확하지 않아."

"그 꿈을 너 자신에게 해석하니?" 내가 물었다.

"나에게? 물론이지. 누구나 자신과 관련 없는 꿈을 꾸지는 않아. 하지만 나만의 일이 아니야, 네가 맞아. 나는 내 영혼의 움직임을 보여주는 꿈과, 매우 드물지만 인류 전체의 운명을 암시하는 꿈을 구분할 수 있어. 나는 그런 꿈을 거의 꾸지 않앉고, 예언이라고 할 수 있는 꿈도 실현된 적이 없어. 해석이 너무 불확실해. 하지만 이번 꿈은 나 혼자만의 일이 아니라는 것은 확실히 알아. 이 꿈은 내가 이미 꾸었던 다른 꿈들과 연결돼 있고, 그 꿈들은 이어지고 있어. 이 꿈들에서 내가 너에게 말했던 예감을 얻게 돼. 우리 세계가 상당히 썩었다는 것을 우리는 알고 있잖아. 하지만 그것만으로는 이 세계의 종말을 예언할 이유가 없어. 내가 느끼기에 몇 년 전부터 나는 이 꿈들로부터 오래된 세계의 붕괴가 가까워지고 있다는 것이 느껴져. 처음에는 아주 희미하고 먼 예감이었지만, 점점 더 명확하고 강력해졌어. 아직은 다른 것을 알지 못하지만, 뭔가 거대하고 두려운 것이 다가오고 있다는 것을 느껴. 싱클레어, 우리가 종종 이야기했던 것을 우리는 경험하게 될 거야! 세상은 새롭게 태어나기를 원해. 죽음의 냄새가 나. 새로운 것은 죽음 없이 오지 않아. 생각했던 것보다 더 무섭다."

나는 놀라서 그를 응시했다.

"꿈의 나머지를 이야기해줄 수 없어?"

나는 소심하게 부탁했다. 그는 고개를 저었다.

"아니." 문이 열리고 에바 부인이 들어왔다.

"여기 함께 있구나! 얘들아, 슬퍼하지는 않겠지?"

그녀는 활기차 보였고 더 이상 피곤해 보이지 않았다. 데미안이 그녀에게 미소 지었고, 그녀는 겁에 질린 아이들에게 다가가는 어머니처럼 우리에게 다가왔다.

"우리는 슬프지 않아요, 어머니. 우리는 단지 이 새로운 징조들에 대해 조금 생각하고 있었어요. 하지만 그것은 중요하지 않아요. 오고자 하는 것이 오면, 우리가 알아야 할 것을 알게 될 거예요."

그러나 나는 기분이 좋지 않았고, 작별 인사를 하고 홀을 혼자 걸어 나가며 히아신스 향기가 시들고, 밋밋하고, 시체 냄새처럼 느껴졌다. 우리 위에는 어떤 그림자가 드리워져 있었다.

여덟 번째 장

끝의 시작

끝의 시작

나는 여름학기 동안 H.대학에 머물렀다. 이제 우리는 집 안에 있는 것보다 거의 항상 강가의 정원에 있었다. 일본인은, 실제로 레슬링 경기에서 패한 후 떠났고, 톨스토이 추종자도 더 이상 없었다. 데미안은 말을 기르고 매일 열심히 말을 타고 다녔다. 나는 종종 그의 어머니와 단둘이 있었다.

때때로 나는 내 삶의 평화로움에 놀라곤 했다. 나는 오랫동안 혼자 지내고, 포기하며, 나의 고통과 씨름하는 것에 익숙해져 H.대학에서의 몇 달은 마치 편안하고 마법 같은 섬에서 아름답고 즐거운 것들만 누리는 듯한 기분이었다. 나는 이것이 우리가 생각하는 새로운, 더 높은 공동체의 전조라는 것을 짐작했다. 그리고 이 행복에 대해 깊은 슬픔이 밀려왔다. 왜냐하면 나는 이것이 오래가지 않을 것임을 알고 있었기 때문이다. 나는 풍요와 편안함 속에서 숨 쉬는 것이 아니라 고통과 혼돈 속에서 숨 쉬는 것이 필요했다. 나는 언젠가 이 아름다운 사랑의 모습에서 깨어나 다시 혼자가 되어 차가운 다른 사람들의 세계에 서 있게 될 것을 느꼈다. 그곳에는 오직 외로움이나 싸움뿐, 나에게 평화나 공존은 없었다.

그때 나는 에바 부인의 곁에 더욱 다정하게 몸을 기댔고, 나의 운명이 여전히 이러한 아름답고 고요한 모습을 가지고 있다는 것에 기뻐했다.

여름 주간은 빠르고 가볍게 지나갔고, 학기는 거의 끝나가고 있었다. 작별의 순간이 곧 다가올 것이었지만 나는 그것을 생각하지 않으려 했고, 실제로도 그러지 않았다. 나는 아름다운 날들에 매달려 있었으며, 그것이 내 삶의 첫 번째 완성이었고, 내 인생의 첫 번째 환희였다. 그 다음에 무엇이 올 것인가? 나는 다시 싸워야 하고, 갈망에 시달리고, 꿈을 꾸며, 혼자 있어야 할 것이다.

어느 날, 이 예감이 너무 강하게 밀려와 에바 부인에 대한 내 사랑이 갑자기 고통스럽게 타올랐다. 얼마 안 있어 그녀를 더 이상 보지 못하고, 그녀의 단호한 걸음을 집 안에서 들을 수 없으며, 내 책상 위에 그녀의 꽃들을 더 이상 찾을 수 없을 것이다. 내가 무엇을 이뤘단 말인가? 나는 꿈꾸며 안락함에 젖어 있었고, 그녀를 얻으려 싸우고 그녀를 영원히 내 것으로 만들려 하지 않았다! 그녀가 나에게 진정한 사랑에 대해 해준 모든 말이 떠올랐다. 수백 가지의 섬세한 경고의 말, 수백 가지의 부드러운 유혹, 어쩌면 약속들... 나는 그로부터 무엇을 이뤘는가? 아무것도! 아무것도!

나는 방 한가운데 서서 내 모든 의식을 모아 에바를 생각했다. 나는 내 영혼의 힘을 모아 그녀가 내 사랑을 느끼게 하고, 그녀를 내게로 끌어당기고자 했다. 그녀는 와서 내 포옹을 갈망해야만 했다. 내 키스는 그녀의 성숙한 사랑의 입술에 끝없이 파고들어야 했다.

나는 서서 긴장했다. 손끝과 발끝에서부터 차가움이 느껴졌다. 내가 힘을 쏟는 동안, 내 안에서 무언가가 밝고 차갑게 응집되는 것을 느꼈다. 잠시 동안 내 심장에 크리스탈을 담고 있는 것 같은 느낌이 들었고, 그것이 나의 자아임을 알았다. 차가움이 내 가슴까지 올라왔다.

끔찍한 긴장 상태에서 깨어났을 때, 나는 무언가가 올 것을 느꼈다. 나는 매우 지쳐 있었지만, 에바가 열정적이고 기쁨에 차서 방으로 들어오는것을 맞이할 준비는 되어 있었다.

그때 말발굽 소리가 긴 거리를 두드리며 다가왔다. 소리는 점점 가까워지더니 갑자기 멈췄다. 나는 창가로 뛰어갔다. 아래에서 데미안이 말에서 내리는 것을 보았다. 나는 서둘러 내려갔다.

"무슨 일이야? 너희 어머니에게 무슨 일이 생긴 거야?"

그는 내 말을 듣지 않았다. 그는 매우 창백했고, 이마에서 땀이 두 뺨을 타고 흘러내렸다. 그는 뜨거운 말의 고삐를 정원 울타리에 묶고, 내 팔을 잡고 길을 따라 걸었다.

"너 뭔가 알고 있니?"

나는 아무것도 몰랐다.

데미안은 내 팔을 꽉 쥐고 어두운, 연민 어린, 이상한 눈빛으로 내 얼굴을 쳐다보았다.

"그래, 친구, 이제 시작이야. 너도 러시아와의 큰 긴장 상태에 대해 알고 있었지?"

"뭐? 전쟁이 난다는 거야? 난 한 번도 믿지 않았어."

그는 아무도 없는 주변을 조용히 둘러보며 낮은 목소리로 말했다.

"아직 선언되진 않았어. 하지만 전쟁이 날 거야. 믿어. 난 그동안 너를 귀찮게 하지 않았지만, 그 후로 세 번이나 새로운 징조를 봤어. 세계의 종말이나 지진, 혁명이 아니라 전쟁이 날 거야. 너도 알게 될 거야, 싱클레어. 이건 시작일 뿐이야. 아마 큰 전쟁이 될 수도 있어, 매우 큰 전쟁. 하지만 그것도 시작에 불과해. 새로운 것이 시작되려 하고, 그 새로운 것은 과거에 집착하는 사람들에게는 끔찍할 거야. 너는 어떻게 할 거야?"

나는 놀라서 모든 것이 낯설고 믿기지 않았다.

"난 잘 모르겠어. 그럼 너는?" 그는 어깨를 으쓱했다.

"동원령이 내려지면 바로 출발할 거야. 난 중위니까."

"네가? 그건 전혀 몰랐어."

"그래, 그건 나의 적응 중 하나였어. 넌 알다시피, 나는 밖으로는 눈에 띄는 것을 좋아하지 않고, 항상 정확하게 행동하려고 조금 과하게 했어. 난, 아마도 8일 후면 벌써 전장에 서있을 거야."

"맙소사!"

"아니, 친구, 그렇게 감상적으로 받아들이지 마. 실제로는 살아 있는 사람들에게 총을 겨누는 것이 즐겁지 않겠지만, 그건 부차적인 일이 될 거야. 이제 우리 모두가 이 큰 톱니바퀴에 끼게 될 거야. 너도 분명 징집될 거야."

"너희 어머니는, 데미안?"

나는 비로소 15분 전의 일을 다시 떠올렸다. 세상이 어떻게 변했던가! 나는 가장 달콤한 이미지를 불러내기 위해 모든 힘을 모았었는데, 이제 운명이 갑자기 위협적이고 끔찍한 얼굴로 나를 바라보고 있었다.

"나의 어머니? 아, 그녀에 대해선 걱정할 필요 없어. 그녀는 세상 누구보다 안전해, 너 그녀를 그렇게 사랑하니?"

"알고 있었어, 데미안?"

그가 밝고 자유롭게 웃었다.

"당연히 물론 알고 있었지. 아직까지 나의 어머니에게 '에바 부인'이라 부른 사람들은 모두 그녀를 사랑했어. 그런데, 어떻게 된 거야? 오늘 너는 그녀나 나를 부르지 않았어?"

"그래, 나는 불렀어, 나는 에바 부인을 불렀어."

"그녀는 그것을 느꼈어. 그녀는 갑자기 나를 보내면서 네게 가야 한다고 했어. 나는 막 러시아에 관한 소식을 그녀에게 전했었어."

우리는 돌아와 거의 말을 하지 않았고, 그는 말을 풀고 올라탔다. 내 방에 도착했을 때, 나는 데미안의 소식과 그보다 훨씬 더 이전의 긴장으로 얼마나 지쳤는지 느낄 수 있었다. 하지만 에바 부인은 내 말을 들었다! 나는 그녀를 내 마음속에서 생각으로 불렀다. 그녀는 직접 올 수도 있었을 텐데... 이 모든 것이 얼마나 이상하고, 근본적으로 아름다웠던가! 이제 전쟁이 올 것이다. 이제 우리가 자주 이야기했던 것이 시작될 것이다. 데미안이 그토록 많이 예견했었던 세상의 흐름이 이제 우리를 스쳐 지나가지 않고, 갑자기 우리 마음 한가운데로 흐르며, 모험과 야생의 운명이 우리를 부르고, 지금 또는 곧 세상이 우리를 필요로 할 순간이 왔다. 세상이 변하고자 하는 순간이었다. 데미안이 맞았다. 감상적으로 받아들여서는 안 된다. 이상한 것은, 이제 내가 그렇게 외로웠던 '운명'을 온 세상 사람들과 함께 경험하게 되었다는 것이었다. 좋다! 나는 준비가 되어 있었다. 저녁에 도시를 걸을 때, 모든 구석구석이 큰 흥분으로 떠들썩했다. 어디서나 '전쟁'이라는 단어가 들렸다! 나는 에바 부인의 집에 도착해, 정원에서 저녁을 먹었다. 나는 유일한 손님이었다. 아무도 전쟁에 대해 한마디 하지 않았다. 다만 늦게, 내가 떠나기 직전에, 에바 부인이 말했다.

"사랑하는 싱클레어, 오늘 나를 불렀지만 왜 내가 직접 가지 않았는지 알고 있죠? 하지만 잊지 마세요. 이제 당신은 부르는 방법을 알고 있어요. 언제든지 표식이 있는 누군가가 필요하면, 다시 부르세요!"

그녀는 일어서서 정원 어둠 속으로 앞서 걸어갔다. 위엄 있고 신비로운 그녀는 조용한 나무들 사이를 걸었고, 그녀의 머리 위에는 많은 별들이 작고 부드럽게 빛났다. 나는 결말에 다다랐다. 모든 일은 빠르게 진행되었다. 곧 전쟁이 일어났고, 데미안은 은회색 코트를 입고 군복을 입은 채로 떠났다. 나는 그의 어머니를 집으로 모셔다 드렸다. 곧 나도 그녀와 작별 인사를 했다. 그녀는 내 입술에 입맞추고, 나를 한동안 가슴에 안았고, 그녀의 큰 눈은 가까이에서 강렬하게 내 눈을 응시했다. 모든 사람들은 형제처럼 행동했다. 그들은 조국과 명예를 생각했다. 그러나 그 순간, 그들 모두는 운명의 드러난 얼굴을 잠시 바라보았다. 젊은 남자들이 병영에서 나와 기차에 올랐고, 많은 얼굴에서 나는 어떤 표식을 보았다. 우리와는 다른 표식, 사랑과 죽음을 의미하는 아름답고 장엄한 표식이었다. 나 또한 한 번도 본 적 없는 사람들에게 포옹을 받았고 그것을 이해하고 기꺼이 응했다. 그것은 운명의 의지가 아닌 취했을 때의 상태였지만, 그 상태는 신성했다. 그들은 모두 이 짧고 흔들리는 순간에 운명의 눈을 들여다보았다.

거의 겨울이 다 되어 나는 전쟁터에 나갔다. 처음에는 총격전의 흥분에도 불구하고 모든 것에 실망했다. 예전에 나는 이상을 위해 살 수 있는 사람들이 왜 그렇게 드문지에 대해 많이 생각했다. 그러나 이제 나는 많은 사람들이, 아니 모두가 이상을 위해 죽을 수 있다는 것을 보았다. 다만 그 이상이 개인적이고 자유로운, 자신이 선택한 것이 아니라, 공동체적이고 받아들여진 것이어야 했다. 그러나 시간이 지나면서 나는 사람들을 과소평가했다는 것을 알게 되었다. 군복무와 공동의 위험이 사람들을 획일화 시키지만, 나는 많은 생존자와 죽어가는 자들 모두가 운명의 의지에 멋지게 접근하는 것을 보았다. 많은, 정말 많은 사람들이 공격할 때뿐만 아니라 항상 굳건하고 약간은 광적인 시선을 가지고 있었는데, 이는 목표를 모르는 완전한 헌신을 의미했다. 그들이 무엇을 믿고 생각하든 간에 그들은 준비되어 있었고, 미래를 형성할 자들이

었다. 세상이 전쟁과 영웅주의, 명예와 다른 오래된 이상들에 초점을 맞추고, 인간애의 목소리가 멀고 믿기 어려운 소리처럼 들리는 것은 모두 표면적인 것이었다. 전쟁의 외적, 정치적 목표에 대한 질문도 표면적일 뿐이었다. 깊은 곳에서는 무언가가 일어나고 있었다. 새로운 인류애와 같은 것이었다. 많은 사람들을 보았고, 그들 중 몇몇은 내 옆에서 죽었는데 그들은 증오와 분노, 살인과 파괴가 특정 대상에 국한되지 않는다는 것을 직감적으로 깨달았다. 아니, 그 대상과 목표들은 모두 우연한 것이었다. 원초적인 감정, 심지어 가장 야생적인 감정조차도 적에게 향한 것이 아니었다. 그들의 피비린내 나는 일은 내면의 방출, 자신과 분열된 영혼의 발산이었다. 그것은 광기와 살인, 파괴와 죽음을 원했고, 새롭게 태어나기 위해서였다. 거대한 새가 알에서 나오려는 몸부림이었고, 그 알은 세상이었으며, 세상은 부서져야 했다. 우리가 점령한 농가 앞에서, 나는 초봄의 밤에 경계 근무를 서고 있었다. 변덕스러운 바람이 불었고, 높은 플랑드르 하늘을 구름의 대군이 타고 있었으며, 어딘가에 달이 희미하게 보였다. 하루 종일 나는 불안했고 어떤 걱정이 나를 괴롭혔다. 이제, 어둠 속 내 위치에서, 나는 지금까지의 내 인생의 그림들, 에바 부인과 데미안에 대해 깊이 생각했다. 나는 한 포플러 나무에 기대어 흔들리는 하늘을 바라보았고, 그 속에서 은밀하게 반짝이는 광채는 곧 커다랗게 부풀어 오르는 이미지로 변했다. 내 맥박이 이상하게 약해지고, 바람과 비에 대한 피부의 무감각함, 그리고 내면의 반짝이는 깨어남으로 인해 누군가가 내 곁에 있는 것을 느꼈다. 구름 속에는 큰 도시가 보였고, 그곳에서 수백만의 사람들이 쏟아져 나와 넓은 풍경에 퍼졌다. 그들 가운데 거대한 신의 형상이 나타났는데 머리에는 반짝이는 별들이 있었으며, 산처럼 큰, 에바 부인의 얼굴을 닮은 모습이었다. 사람들의 얼굴은 그녀 속으로 사라졌고, 거대한 동굴 속으로 빨려 들어갔다. 신은 땅에 웅크리고 앉았고, 이마에는 밝게 빛나는 표식이 있었다. 그녀는 꿈에 사로잡힌 것 같았고, 눈을 감았으며, 큰 얼굴이 고통으로 일그러졌다. 갑자기 그녀는 크게 비명을 질렀고, 이마에서 수많은 반짝이는 별들이 튀어나와 장엄한 아치와 반원을 그리며 검은 하늘로 솟아올랐다. 그 별 중 하나가 밝은 소리와 함께 나에게 다가와 나를 찾는 것 같았다. 그러다가 그것은 천 개의 불꽃으로 폭발하며 부서졌고, 나를 공중으로 들어 올렸다가 다시 땅에 내던졌으며, 천둥 소리와 함께 세상이 무너져 내렸다. 사람들은 포플러 나무 근처에서 흙에 덮여 많은 상처를 입은 나를 발견했다. 나는 지하실에 누워 있었고, 머리 위로 포탄 소리들이 울렸다. 나는 마차에 누워 빈 들판을 덜컹거리며 지나갔다. 대부분 잠들어 있거나 의식이 없었다. 하지만 깊이 잠들

수록, 무언가 나를 끌어당기고, 내가 어떤 힘을 따라가고 있다는 것을 강하게 느꼈다. 나는 어두운 외양간의 짚 위에 누워 있었고, 누군가 내 손을 밟았다. 그러나 내면은 계속해서 더 강하게 나를 끌어당겼다. 다시 마차에 누워 있었고, 나중에는 들것이나 사다리에 누워 있었으며, 어디론가 가라는 명령을 받았음을 강하게 느꼈다. 나는 그것을 제외한 모든 것을 느낄 수 없었고, 마침내 거기에 도달하고자 하는 강한 욕망을 느꼈다.

나는 목적지에 도착했다. 밤이었고, 나는 완전히 의식이 있었으며, 강렬하게 나를 이끄는 힘을 막 느꼈다. 이제 나는 큰 방에 누워 있었고, 바닥에 깔린 매트리스 위에 누워서 내가 부름을 받은 곳에 도착했다는 것을 느꼈다. 주변을 둘러보니, 내 매트리스 옆에 다른 매트리스가 있었고, 그 위에 누군가가 앉아 나를 바라보고 있었다. 그의 이마에는 표식이 있었다. 그것은 막스 데미안이었다. 나는 말을 할 수 없었고, 그도 말할 수 없거나 하고 싶지 않은 것 같았다. 그는 나를 바라보았다. 그의 얼굴에는 벽에 걸린 램프의 불빛이 비치고 있었다. 그는 나에게 미소 지었다. 그는 끝없이 긴 시간 동안 내 눈을 바라보았다. 천천히 그의 얼굴이 내게 가까워져 거의 닿을 듯했다.

"싱클레어!" 그가 속삭였다.

나는 눈으로 그에게 내가 이해하고 있다는 신호를 보냈다. 그는 거의 동정하는 듯한 표정으로 다시 미소 지었다,

"꼬마야!" 그가 미소 지으며 말했다. 이제 그의 입이 내게 아주 가까이 있었다. 그는 부드럽게 계속 말했다.

"프란츠 크로머를 기억하니?" 그가 물었다. 나는 그에게 윙크하며, 웃을 수도 있었다.

"꼬마 싱클레어, 잘 들어! 나는 떠나야 해. 언젠가 크로머나 다른 누구에 맞서 네가 나를 다시 필요로 할지도 모르지만 그때 나를 부르면, 나는 더 이상 말을 타고 거칠게 오거나 기차를 타고 오지 않을 거야. 그때는 네 안을 들여다보아야 해. 그러면 내가 네 안에 있다는 것을 알게 될 거야. 이해하니? 그리고 또 하나! 에바 부인이 말하길, 네가 어려움에 처했을 때, 나에게 그녀가 준 키스를 전해주라고 했어..."

"눈을 감아, 싱클레어!"

나는 자연스럽게 눈을 감았다. 나는 내 입술 위에 가볍게 키스하는 느낌을 받았다. 그 입술에는 항상 조금의 피가 고여 있었는데, 그 피는 절대 줄어들지 않았다. 그리고 나는 잠이 들었다. 아침에 나는 깨어났고, 붕대를 감아야 했다. 완전히 깨어났을 때, 나는 곧바로 옆 매트리스를 향해 몸을 돌렸다. 그곳에는 내가 한 번도 본 적 없는 낯선 사람이 누워 있었다. 붕대를 감는 것은 아팠다. 그 이후로 일어나는 모든 일은 고

통스러웠다. 그러나 때때로 내가 열쇠를 찾아서 내 깊은 내면으로 내려가면, 그 어두운 거울 속에서 운명의 그림자들이 잠들어 있는 곳, 나는 그 검은 거울 위로 몸을 기울여서 내 자신의 모습을 보게 된다. 그 모습은 이제 완전히 그와 닮았다. 나의 친구이자 안내자인 그의 모습처럼...

The End

너는 나였고, 나는 너였다.

데미안

초판 1쇄 발행 2024년 11월 11일

지은이   헤르만 헤세

옮긴이   랭브릿지

발행인   박용범

펴낸곳   리프레시

출판등록 제 2015-000024호 (2015년 11월 19일)

주소   경기 의정부시 서광로 135, 405호

전화   031-876-9574

팩스   031-879-9574

이메일 mydtp@naver.com

편집책임 박용범

디자인 리프레시 디자인팀

마케팅 JH커뮤니케이션

ISBN 979-11-979516-4-0 (03850)